毛根儿不沾背

母亲·生命之河

黎建飞——著

maoger bezanbei

当代中国出版社
Contemporary China Publishing House

图书在版编目（CIP）数据

毛根儿不沾背：母亲·生命之河 / 黎建飞著. --
北京：当代中国出版社，2022.9
ISBN 978-7-5154-1219-1

Ⅰ. ①毛… Ⅱ. ①黎… Ⅲ. ①故事—作品集—中国—
当代 Ⅳ. ① I247.81

中国版本图书馆 CIP 数据核字（2022）第 152574 号

出 版 人　冀祥德
责任编辑　刘文科　刘　照
责任校对　康　莹
印刷监制　刘艳平
装帧设计　鲁　娟
出版发行　当代中国出版社
地　　址　北京市地安门西大街旌勇里 8 号
网　　址　http://www.ddzg.net
邮政编码　100009
编 辑 部　（010）66572744
市 场 部　（010）66572281　66572157
印　　刷　北京润田金辉印刷有限公司
开　　本　850 毫米 ×1168 毫米　1/32
印　　张　9 印张　2 插页　136 千字
版　　次　2022 年 9 月第 1 版
印　　次　2022 年 9 月第 1 次印刷
定　　价　69.00 元

谨以此书献给我的母亲。

献给给予我生命、哺育我生命、塑造我生命和定型我生命的母亲。

也献给天下所有现在、过去和未来的母亲。

母亲的话

小妹，你这次回来，解决了我精神、思想上的忧虑和苦闷。因为你们今天得来的幸福，是我经历了非常非常艰苦曲折，一般人是不愿忍受的痛苦。而我呢？一个人最最大心愿是想我们五娘母[①]的不幸遭遇得以改变。命运太绝了，如果光顾我自己，怕受折磨，去寻找享受自己的幸福，那当然对于我，比现在好。但你们是不可想象了。所以其他一切留给我自己承担，用全部精力、心血与泪水抚养大你们出社会，做一个有理想、有抱负的人，对我也是一种满足、安慰和幸福了。

……

愿你一切好，不用挂念了。

（1983 年）4 月 23 日　妈抄

---

① “五娘母”指母亲和她的四个孩子。——编者注

序 PREFACE

母亲在这个世界生存了 90 年。

送别时我用时 9 分钟说了 9 个字：辛劳、坚毅、睿智、爱家人。

即便用 900 小时，即便说 9000 万字，也无法再现母亲于万一。

我们的母亲，至少集 90 个母亲于一身。

我们要把这 90 个母亲写下来。

目录

一　汗水

小的时候，听母亲常说的一句话是“忙得毛根儿不沾背”。年轻的母亲有两条粗黑齐腰的辫子。辫子贴在背上应当是一种常态。如果一位女性的辫子飞离其背，可以想象这位女性得多么忙碌和奔波。

母亲与小舅舅

没得办法。一个每月收入只有 26 元钱的母亲，要养活4个子女和她本人。每天工作8小时的飞奔只是日常劳作的一部分。下午4点下班后的第一件事是去河渠沟边割青草，卖给拉架架车（又名板板车，一种用平板运输货物人力车，常用牛拉以为助力）的人喂牛。每斤能卖2分钱，母亲每天能割4、5斤。天黑下来，母亲就去青年工人宿舍收集他们穿脏的衣服，拿回家来用手搓洗干净（当时洗衣机还未普及）。如是夏天，就晾晒在屋子外面；如是冬天，就烘烤在火炉旁边。每件洗净晾干叠好的衣服送回到青年工人手中，母亲能得到2分钱。

母亲自己穿的衣服从来就没有干过，因为汗水从来就没有停过。入夜，母亲在火炉旁烤衣服。烤青年工人的衣服，烤我们穿的衣服和鞋袜，也烤自己明天要穿的衣服。我们几个小孩，从来不知道母亲是什么时候睡的，也不知道她是什么时候起的。

早上，给我们做好早饭后，捞起坛子里的泡菜、或者挑出罐子里的豆腐乳，早前应季做的辣椒酱或者黄豆豉，装一大碗放在桌子中间，就叫我们起床、穿衣、吃饭。她自己匆匆吃上几口后，就飞也似地冲向工厂她从事重体力劳动的车间。然后是8小时有毒有害的重体力劳动，回家后再割草、洗衣、烤衣服。

二　装卸

母亲有她的本职工作，还有许多兼职工作。在所有的工作中，装卸是她的主要副业。我家所在的小镇地处山区，肩担背扛是人们日常工作和生活的标志性运动状态。放在工业产品的流通中，用人力进行货物装卸也就成了当地经济运行的主要方式。

装水泥。得益于当地的水泥厂是西南地区最大的水泥厂，外地的汽车经常会过来拉水泥。此时，把水泥装上汽车就成了一项临时性有收入的劳动。由于来车的时间不固定，水泥销售的淡旺季不固定，因此装卸水泥的数量和时间也是不固定的。但总体上依然是僧多粥少，唯快不破。每当有汽车开来，抢占为己有是第一要务。占为己有后，快速地装卸便成为重中之重，因为汽车不能占位太久，司机也想尽早返程。因此，每一次水泥的装卸等同于一场速战速决的遭遇战，每一个装卸者都扛着水泥快步跑去，放下水泥快步跑回。每袋水泥的重量是固定的 50 公斤。我有时是一次扛两袋，母亲也要扛两袋。这对于一个瘦弱矮小的女性来说不是咬紧牙关就能挺得住的。因此，我国法律才明确禁止女职工从事“每次负重超过 20 公斤的作业。”

装碗。这是个靠山吃山，靠碗吃碗的生意。同样是外地的汽车过来拉碗，同样是来车时间不固定，土碗需求的淡旺季不固定，更加严重的僧多粥少，更加需要快占快抢快装。“快抢”的行业用语是“抢车”，即首先需要把来装碗的汽车抢定为是你占有且具有排他性的车。由于土碗不同于水泥，通常一家人就可以装卸，所以“抢车”异常激烈，时有打斗。抢到车后，我家全体都上，一家包圆。车上站两个接碗码放，车下排三人传递送上。装满一辆 4 吨的解放牌卡车可以挣 3.2 元钱，这在当时是一个来快钱的好生意。1980 年 7 月 12 日中午，母亲和我装了最后一次碗。这是我上大学后的第一个暑假，坐了一夜火车回到家中，空无一人。到装碗的场地一看，母亲正在和其他几个人往汽车上装碗。我从母亲手中接过来余下的活计。

装矿石。装矿石的工作在矿山，是把自己家用铁锤砸出来的（我们叫打石头）符合规格标准的石头装上送往火车站的人力牛拉车上。只有当装满石头的牛拉车在火车站货运场称重过磅后，才能计费结算打石头的工钱。这是一项体力活，也是一项技术活。先是一个人背着大背篼站稳，其他人用铁铲往他的背篼里装石头。石头装满后，这个人背着石头走向牛拉车，便开始考验装卸技能了——这个人需要尽可能地靠近车体，猛然低头弯腰蹬腿翘臀一气呵成，让一大背篼石头鱼贯而入地从头的后方，脸的左边或者右边贴着脖子飞驰而下，瞬间入车。每次，母亲都背着高过本人的背篼，每次的倾倒都是只见石头不见人。

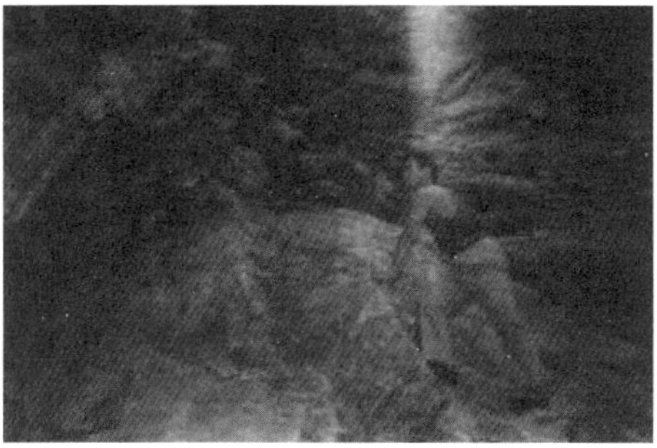

作者在矿山，1979 年

卸煤炭。工业生产是需要燃料的，无论是烧制水泥还是烧制土碗。因此，从火车厢中卸煤是当地人的一项兼职劳动。装满数十吨煤炭的货车车厢停在铁轨上，这些轨道是不能长时间占用的，因此也得一个“快”字。打开车门后，一小半的煤炭就滑落下去了，接下来就需要靠人工用铁铲一铲一铲地往下卸了。一车煤炭卸完，卸煤人变成了“黑人”，像是刚从矿井里面出来。但是母亲还不能走，她还有一项自己的工作——用扫帚把残存在车厢角落和车厢底部的煤炭归集起来，装进背篼里，背回家去做成蜂窝煤卖钱。在时间上，这项附加的扫煤工作必须赶在车厢没有被火车头挂上拉走之时。

三　河坝

靠山吃山，靠水吃水，靠河坝吃石头。河坝是我们打石头（用铁锤把大石头砸小至一定规格）时间最长，款式最多的地方。母亲下班后，直接从车间到河坝，上班穿的衣鞋找个沙坑埋藏起来。我们放学后，直接从学校到河坝。河坝的沙土里，是我们上学后埋藏铁锤和胶圈（砸石时固定住石头的工具）的地方，也是我们放学后埋藏书包、课本的地方。我们的童年和少年时代回家只是吃饭睡觉，其他业余时间都消费在河坝里。

河坝的石头用途广泛，大小不一。卖给铁路的是用在铁轨下面的石头，专业术语叫道渣。道渣需求量大，需要的体积也大，砸至 3～4 公分即可。用于枕木底部的石头需求量小，价格虽高但要求也高，要砸至小于 1 公分。卖给工程部门的石头是用来混凝土浇灌的，要求是1～1.5公分。这些不同规格的石头在河坝里或者河水中是有现成的，但是不能拿来卖钱，因为无论是铺垫铁道还是搅拌水泥都必须是有棱有角的石头，而不能是自然圆滑的石头。

河坝里的石头售卖时不同于矿山的石头，不是称重过磅而是丈量立方。我们把石头打好后只需要在原地堆放成长方形或者正方形，收购者用皮尺拉扯长、宽、高后就可以结算了。这让我学到了面积与体积的知识，无心插柳地为高考做了准备。一天夜里，工地急需石头，收购者在慌忙中丈量后就装车拉走了。过了几天，他回来说那天晚上有人的石头是堆积在大石头上面的，他们的车拉回去就发现了石量不足，因为装载四吨重的解放牌汽车没有装到应有的位置。当然，河坝里砸石头的人谁也不承认是自己所为，我倒是从他这里知道了体积与重量是有关系的。

河坝里的石头来源于沙土下和河水中。打石头的人多了，沙土下的石头就少了，去河水中捞石头成了打石头人的主要原材料。河水里捞石头不像矿山上抢石头那样险象丛生，但也并非风和日丽，岁月静好。冬日里，手脚会红肿，也会裂出口子。夏天的河水甚是清凉，却在清凉中暗藏杀机。山区的河流平时很温顺，涨水时就六亲不认了。涨水天我们是不会去河坝的，怕的是平日里突如其来的“铺盖水”。这种不期而遇的洪水是由于上游山区突降暴雨山洪暴发，或者上游水库决堤后引发河水暴涨。到了下游，河水突然像被子一样地向你扑来（这种情形与河堤突然开闸放水，河道中人畜哭叫如出一辙）。你如果在河边倒还有惊无险，如果在河道中间就不好说了。我曾经被这样的河水冲走过书包、工具和穿在身上的裤子，母亲也曾经在这样的河水突如其来时跳进河中把吓得哇哇大哭的妹妹背上了岸。

在河坝，1979 年

四　二炭

“二炭”不是二氧化碳的简称，而是煤炭燃烧后可再燃烧且无烟的炭块。也许它有规范的学名，但我们那里的人都叫它“二炭”。二炭广泛地用于我们那里人的日常生活，因为它无烟、可燃而且廉价。用今天的观念看，二炭是废物利用，属于循环经济中的环保燃料。二炭之所以能广泛地用于我们那里人的日常生活，主要是因为那里有我们这样的碗厂，还因为那里有我母亲这样捡二炭的人。

土碗是用泥浆加水成型后烧制而成的，烧制的地方就叫烧窑车间。无论是古老的圆形拱窑，还是后来的隧道长窑，都是用煤炭来燃烧的。也无论是拱窑还是长窑，其烧制构造都是模仿农家做饭时烧火的柴灶——在灶膛中加几根铁棍炉条（俗称“炉桥”），木柴在炉条与锅底之间燃烧，锅中便可以做饭炒菜了。烧制土碗所需要的温度远高于饭菜，所以炉膛更宽敞，炉条更粗壮，用煤量更大。民谚有言：“火要空心，人要忠心。”烧柴火时需要掏空柴膛使氧气进入让柴火充分燃烧，从炉条上落下来的灰渣叫炭灰；烧煤炭也需要掏空炉膛和松动炉条使氧气进入让煤火更旺，从炉条上落下来的炭块叫二炭。

二炭落在炉坑里其实还在燃烧着，但需要很快把它清理走。负责清理的工人用铁板焊接的人力车把它们快速地拉到河边，向河里倾泻而去。久之，在厂门外的河边形成了一个环形的大圆坡，等着下一次发大洪时才带走它们。刚才还在燃烧的炭灰顺坡而下，温度甚高的二炭夹杂其中。这一车炉渣九成以上是废料，只有不到一成的优质煤块烧之殆尽却还未尽的少量块状或颗粒才可以称为二炭。那些燃烧殆尽的煤当地人叫“令子”（大概是指它们结成了板块状，粘在一起了。因为当地人把冬天水中的冰块就称之为“令冰”），是和其他炉炭一样毫无用处的。母亲需要从这些炭灰和令子的混杂物中尽多尽快地捡出二炭，装入撮箕中再倒进背篼里。如果等二炭冷却后再去捡当然是安全且合理的，但捡二炭的其他人并不这样想，大家都是“心忧炭贱愿天寒”，只想多捡愿炭燃。如果说在平时是心急吃不得热豆腐，在这里就成了怕烫捡不到好二炭。所以，我每次看到母亲都是第一个冲向还在向坡下滚落的炭灰，跪在炉灰边上用双手飞快地挑拣着大块小粒的二炭。母亲貌似戴着一双破旧的手套，但我知道这双手套的十个指头早已只是十个空洞。

我长期困惑母亲的手指为什么没有被烫伤？直到在电视上看了民间杂耍艺人走火炭后才似有所悟。不同的是，艺人只在逢年过节表演，母亲却在每天每月抓抢。艺人双脚涂有晶沙，母亲双手只有疮疤。艺人是在众人狂欢中作秀，母亲是在与人争抢中比快。艺人走火炭是他的专业，母亲捡二炭是她的副业。二者的可比性只有一点：都是为了养家糊口，都是为家火中取栗。

五　割草

我这里说的是上山割草，割的是干草，确切地说是在夏末秋初时上山去割干草，有茅草、芭茅、斑茅或者其他叫不上名字的干草。干草与青草最大的不同是黄色的叶杆坚硬无比，草叶的两边都变成了锯齿。割干草时，手心、手指和手臂都会残留着一道道血红的拉痕。

通常，母亲下午 4 点下班，然后就带着我们往山上走。通常是带着我和二妹两个人，有时也会全家总动员，三妹四妹一个都不少。从家里走半个小时的路程，再爬到半山腰，就能看见还没有被人割完的干草了。再往上走走，就可以开始干活了。把背夹子（杂木做成的架子，井字结构，上窄下宽，左右两边的长条系着两根背带。下面是可以着地的两点支撑，背东西走累了时可以直接放在路坎上歇口气。由于背夹子是开放式的背具，所以在上面可以堆码很多的干草，只要用绳子收紧就不会掉落了）和背篼放在坡上，一人操起一把镰刀就开始埋头苦干了。

割干草有三怕。一怕戳破手。虽然这是经常发生的事，但流血不止还是需要打理的。那个时候没有创可贴，常用的方法是抓一把坡地上的细泥土按在伤口上，泥土和流血凝固后再继续割草。二怕抓到蛇。山上的蛇或者盘卧在草丛中，或者缠绕在草干上。割草时碰到蛇是常有的事，还好都没有被蛇咬过。三怕来火车。下山后要走很长一段铁道，没有火车来时我们就在铁道中间行走，否则铁路路基边的物体会不时扯挂着背上的草堆。一旦有火车来，就得赶快下到路基上，背对着火车站着，等火车开过后再到铁道上行走。最可怕的是火车来的时候正走在铁道桥上，路基边的栏杆与轨道间的空间相当狭窄，背上的草堆又特别宽大。每次都担心呼啸而过的火车把我们给吸进去，还好虽有吸但没有进。

干草割回来有两个用处：一是卖给外地来拉土碗的汽车，用于装碗时的层层铺垫。二是自己家人装碗时使用，也是层层铺垫在堆码的土碗上。这样，装一车碗就能赚 2 分钱。回家的路是行进在夜幕中的。夏去秋来，天黑得早。在四川阴湿暗的夜雾中，几个草堆前拉后拽地移动，打头的那个最高最大的草堆是母亲。稻盛和夫说自己是看父母背影长大的，我们是尾随母亲背上草堆长大的。

到家堆放好干草后，母亲就该去给我们张罗晚饭了。

六 初一

“有钱没钱，都要过年。”即便在我们这样的家庭，过年的时候好像也有钱了。大年三十晚上，母亲会在每个孩子的兜里放几毛钱，以便初一孩子上街玩的时候去买零食，如一节甘蔗，一碗豆花。孩子们中午就不用回家吃饭了，可以玩到下午再回家。每个孩子都会有一套新衣服，也多半是需要穿到明年过年时才会有替代品。那个年代流行在脖子上围条围巾，这对我家来说是不可承受之重。母亲用了自己的办法，让我们每个人脖子上都不会空空如也。她从半年前就开始把工厂发给她的毛巾积攒下来，初一早上给我们每个人脖子上围一条新毛巾。这既可以让我们过年围上了围巾，又可以在过年后用于全家洗脸。

初一早上在家里吃完汤圆，我和妹妹们就往街上走去。一路上走着三五成群的人都穿了寻常不见的大红大绿，都是些在日常生活中用做被面的布料。大概也是一物多用吧。他们是从边远的乡下或者高耸的山上来的，也会在街上玩上一天。我们却很难在街上待一天，因为每天上学都要经过这条街。于是，中午时分，我们几姊妹向火车站走去，乘坐绿皮车到离家十余里地的邻镇玩。初一的车上人不多，我们找到了靠窗的座位，挤在车窗看着外面晃动的景色。火车要经过我们日常劳动的矿山。往远看去，有一个人在矿山的石头堆上砸石头——也就是我们平时的劳动。见此情景，我们几个孩子既觉得好玩，也觉得不可思议：连老大初一都不休息！都在挣钱！大家前前后后地说："这龟儿子好虾哟（四川话，大概是用虾有多脚的外部特征形容一个人什么钱都想挣，与"连风都要抓一把"同义），老大初一还在打石头。"

傍晚回到家，先看到的是门口放着我们平时上矿山的锤子、撮箕等砸石头的工具，家中的母亲正在脸盆里洗着从矿上带回来的泥土。我们还是没有明白过来，还兴奋地告诉母亲我们今天在火车上看到矿山上有人打石头，还不屑地附加上那个龟儿子好虾哟！

"今天我在矿山上。"母亲疲惫地说。

七　拓荒

种菜是一项农业生产劳动。在计划经济时期，即便是农民种点自家食用的蔬菜，也仅限于在分配的自留地里种植。母亲是工人，种菜这事儿本不应当与她发生关联。但是，贫穷可以限制想象力，也可以催生创造力。为了一家人能吃上青菜，遵循“自己动手，丰衣足食”的教导，母亲见缝插针地把拓荒种菜这项劳动发挥到了极致。

工厂的围墙下面，种上几株南瓜、丝瓜或者苦瓜，凸凹不平的墙面为瓜藤的攀附提供了便利。瓜的果实不仅常成为我家的主菜，也部分地代替粮食助以果腹，而且南瓜从长藤、开花到结果，都各具食用的功能。除主藤之外，南瓜还会生长出许多岔藤。这些岔藤不能结果，却要分走许多的养分，影响主藤的生长和果实的饱满。适时摘下南瓜的岔藤，在铁锅里炝炒出来，是一盘应季的美味菜肴。南瓜花也是，雄花虽在授粉中不可或缺，却在授粉后成为多余。适时采摘，既有助于南瓜的生长，又为桌上多加了一碗青菜。

水沟两边，种上几株芋子。上学放学，看着小芋苗天天向上，油绿硕大的芋叶在水沟狭窄处竟有遮天蔽日之效。收获芋子不仅是个苦脏累工种，而且是一项高危职业。前者说的是你必须下到水中手插污泥，才能把芋头连同芋儿从淤泥中掏挖出来。后者说的是芋子有毒，掏挖及后续的清洗过程中手会发麻。《本草衍义》载："芋，生品有毒，味辛麻口，不可服食，只可作药，入丸、散。"即便是"熟品"也尚存中招的可能。芋子中会混杂着一种俗称"麻芋子"的同类，外形上没有区别，煮熟了却不能食用。否则，直接后果是麻得你张不开嘴，或许有更加严重的后果有损于神经或者精神就不为我知了。同样，如何在种植或者在食用阶段区分开芋子和麻芋子，至今也是不为我辈所知的。所以，每次吃芋儿时，无论是加水煮至烂熟，还是蒸煮好后剥皮回锅，其中的一口或者几口你便中招了。

人民公社的社员们并不会留出多少空地或者水沟

供非农人口使用，母亲便在自家后面的石头山上做起了文章。周末早上，母亲扛上锄头、拿着铁锹，先铲去山坡表面的荒草和枯枝，再把大大小小的石头块从贫瘠的黄土中挖出来，又从别处背来黑土与黄土杂交。烈日当空时分，再逐次地把这些混合后的泥土来回翻动。汗如雨下中，母亲在山上开出了一大块可供种植蔬菜的生地。假以时日，她会在这块地的旁边挖一个小池子，把雨水储蓄在里面。然后，又割来青草沤入其中，以之为浇地肥料。路边的牛粪狗屎、行人便遗也都是母亲的收集物。

在这片土地上，母亲先后种植过白菜、萝卜、豌豆尖，种植过香菜、韭菜、牛皮菜，种植过土豆、红薯、西红柿，种植过茄子、辣椒、青蒜苔，种植过冬瓜、丝瓜、四季豆。在这片土地上，母亲拔草、灌溉、垒泥、施肥，就像照顾幼儿一样护理着菜苗。功夫不负勤快人，母亲的艰辛收获了果实累累，不仅供给了全家人食用，还把剩余的蔬菜送给其他工友和他们的家庭。

母亲对于土地，对于把土地用于种植这件事有一种近乎热切的敏锐。任何山水在她眼里都是土地，任何土地在她眼里都是庄稼。第一次坐火车到北京途经华北平原时，对着窗外掠过的大片平整的庄稼地，母亲不住地感叹:“这么大的土地,能种好多粮食哟!”在我居住的小区,一层的住户后面有一个开发商附赠的小院。母亲从楼上看下去,不止一次地对我说:“住在下面多好呀!我们家就不用买菜了。”我当时听了母亲的话并没有往心里去,后来却常常悔不当初地问自己:为什么不把住房买在低层呢?

八　背山

计划经济中居民的粮食是定量供应的，随着孩子的年龄增长，从每月 5 斤起跳到每月 25 斤封顶。这对于全家都是吃长饭的孩子而言是远远不够的。虽然有“瓜菜代”这种全国性的运动，但终究不顶事儿，甚至流传过“低指标，瓜菜代，得了浮肿胖起来”的顺口溜。

母亲在种瓜种菜的同时，打起了向大山要粮的主意，采用的是“以物易物”的交换方式。她从自己工作的碗厂买来便宜的土碗，装在一个大背篼里。由于是长途奔走，背篼里的碗要装得尽可能多些，重量便是她能够背得动的极限。通常为每十个土碗为一筒，每九筒装满一大背篼。母亲于下班后的初夜，爬上北上的货车，躲在货车车厢里，听凭火车向北行进。估摸着货车停靠在邻近山区的雁门关、走马岭或者观音庙等站后，就偷偷地从货车厢里爬出来，赶紧从车厢旁边的铁梯下小心翼翼地挪下来。然后，背着一个大背篼土碗向大山的深处狂奔而去。第二天早上，在深山的农户家、在农家村落的院子里、在农民赶集的场市上，用土碗换取农民的黄豆、玉米、红苕、洋芋、麦子和大米。有一次，背回来的竟是一大罐蜂蜜和两只野兔。

深夜的货车，黑灯瞎火，风吹雨打。北上的铁路，漆黑的涵洞，母亲害怕过吗？母亲是在怎样的害怕中煎熬的？我们一次都没有跟着母亲去过，所以我们至今都不知道母亲是怎么在八面来风的货车车厢里挨过那些漫漫寒夜的。山区的小路上有蛇吗？农户家的狗咬人吗？山里的农民能够善待一个来路不明的易货女人吗？我们一次都没有跟着母亲去过，所以我们至今都不知道母亲是怎么在沉沉夜色中走过那些村庄和田野的。

我们一次都没有跟着母亲去过，我们却都是在吃着母亲一次又一次背土碗、爬货车、夜行山路、晨易食物中长大成人的。母亲背去了满山的土碗，背回了满屋的食物，填充进满屋子里大张着的嘴巴，喂饱了满屋子里全空着的肚子。

九　穿衣

每到过年，母亲都会给我们每人做一套新衣服。这一套过年做的新衣服是要管一年的，而且还是要往下传递的。但是，在这一年中孩子是要长大长高的，这件衣服却并不长宽长长。所以，穿着不合身的衣服去学校是我们几姊妹在一年中一定时期的标识。甚至，我有时会在大晴天穿着母亲上班穿的长统雨靴去学校上课。这双统靴是工厂发给母亲的劳保用品，是她上班时穿的。统靴是黑色的橡胶制品，长长的鞋筒足有半尺，正好补足了我裤腿所短缺的那个部分，掩盖了露出一半小腿的怪象。不过，穿着这样的大靴子无论是在课堂里，还是在操场上都再也没有什么优势了。

母亲的劳保手套是用来给我们织线衣线裤的。这样的手套是一个月发一双，一年十二双。既然是劳保手套，意味着劳动时是必须戴上的，否则劳动者的手会受伤。节约的人可能会在一年中省下几双，更多的人是一个月用一双。母亲却是自己的十二双手套都不戴，戴的是那些一月一双用后扔掉的手套。这样，母亲的十二双线手套就都变成了我们穿在身上的衣服。母亲积攒几双后，就会开始拆洗和编织。先是找到手套的线头，然后挑开线结，一边拉出线头，一边绕成线球。在编织线衣时，母亲还会把白色的手套线染成多种颜色，编织在衣服上。或者是胸前的几道波纹，或者是袖口的一节加层。有时，母亲还会用这些彩色的棉线编织出各种有趣的图案——活泼的小动物、青绿的小花草、太阳和向日葵、月亮和小灰兔。母亲用手套编织的毛衣，为我们挡却了秋冬的寒气，也为我们倾入了春夏的温暖。还让我们穿得很舒服，显得很时髦。同为劳保用品的二十四个口罩也会积攒到秋冬时节，母亲把它们拼排在一起，缝成一件薄薄的棉衣为我们御寒。

母亲自己穿的是一件有多处补丁的工作服。这件衣服原本是什么样式，原来是什么颜色，原本是什么布料，早已被多重补丁所覆盖，成了历史的悬案。与我们不同的是，母亲的衣服不是新年做一件，一件穿一年；

而是早年有一件，一件穿数年。在我们姊妹几人的记忆中，都记下了无数个一觉醒来的夜晚。母亲在昏暗灯下，用被子捂着自己的双腿，盘坐在床上为我们织线衣线裤，补鞋口袜洞。针针线线，母亲把她对我们的爱密密实实地织进了我们的一件件衣服中，每一双鞋袜里。但是，同样是在我们每个人的记忆中，却都没有记下一个母亲入睡的时刻，都不知道母亲晚上睡觉没有？睡了多长时间？

十　石缝

在矿山上，我们的劳动是把大块的镁砂矿石用让手锤砸成 3.5 公分 ×3.5 公分及其以下的小石块，以便投入钢炉中冶炼。大块的矿石是用土炮炸开的。离炸点越近的石块越小，用来卖钱的几率就越高，这是一种情形。另外一种情形是放炮后被大石头压在下面的小石块也能提升卖钱的几率，如果你能把它们从大石下面掏出来的话。第一种情形叫“抢炮”，主要是我的活计。母亲经常干第二种活——在大石下面去掏出小石块来。

一天傍晚，母亲一如既往地从下班后的车间直接来到矿山，用锤子砸了一阵石头后，就拿着撮箕和铁钩去掏石块了。可能是掏得兴起，不知不觉地钻进了一片巨石下面。巨石下面确实有其他人不曾进去掏走的小石块。母亲越掏越多，越掏越进到了巨石里面。

巨石能够在放炮后矗立在乱石中，是凭了它下面各种大小不一的石块支撑着。动了巨石下面的石块，也就有可能牵动巨石本身。当它下面的石块松动、移位或者缺失时，巨石也会移位、下压或者滚动。母亲越掏越多，越掏越进到了巨石里面，完全忘了越来越近的危险。当她又掏出一块石头时，巨石终于缺了支撑，直接地压了下来。母亲被巨石压在里面了！

这块巨石比一间单元房还要大，任何人力都不可能撼动它。母亲被歪斜的巨石压在了下面，靠了另外一块石头的支撑，她的身体没有被压住，但是一只脚卡在巨石与小石的缝里了。斜倒着的巨石就像鳄鱼闭合时的大嘴，暂时没有完全闭合只是因为在牙间垫着一小块骨渣。稍有动静，鳄鱼就会把含在口中的母亲吞入腹内。斜倒着的巨石也如同患牙疾的老虎，暂时没有完全闭合只是因为医生在给它治牙。虎口拔牙，原来只存在于成语中，现在就在我的眼前；原来只是在文字中的表现，现在母亲却在拔着牙的虎口中。

在当时，没有任何能够吊起这块巨石的起重设备，即便有这样的设备也不可能开到山上来。同样，当时也没有任何液压破拆设备，即便有也不可能撬动这块数十吨的巨石。如果在平时，处理这块巨石的方法是在上面埋炮或者打眼放炮炸开，再由矿山上的人用锤子将炸开的石块砸小。

现在，全矿山的人都围着这块巨石，围着石头下面的母亲。一些人扑在地上与石缝里的母亲说着话。天渐渐地暗了下来，人们仍然无计可施。既不能放炮将巨石炸开，也没有设备或工具将巨石撬开。急乱中，矿长绕着巨石转了几圈，把全部矿工叫了过来，每个人手中都拿着一根钢钎。矿长找到压着母亲腿部附近的一个支点，全体矿工把钢钎插入同一个地点，在矿长的一声号令下，巨石压着母亲脚的部位有了一点松动。人们看到了希望，矿长再一声令下，母亲的脚从压着的石缝中抽了出来。然后，矿工们连拖带拽，把母亲从巨石下面硬拉了出来。

母亲拍拍身上的泥土，谢了大家。然后，拖着伤脚继续捡着石头，直至我们如同往常时一起收工回家。

时至今日，每当我回想起当时的场景，我耳边就会响起《酒干倘卖无》这首歌，就会直接跳到“没有你哪有我”的胆战心惊；都会直接陷入母亲在巨石下出不来，“我的命运将会是什么”的不寒而栗。看电视剧《西游记》时，孙悟空在石缝下风霜雪雨地压了五百年的画面也总让我出离：我到哪里才能为母亲请来救苦救难的观世音菩萨？

十一　中毒

母亲从事的是有毒有害工种。母亲所在的工厂官名叫“陶瓷厂”，当地人叫它为“碗儿厂”，实际就是碗厂，是把山上的泥土用来成型并烧制为土碗，供农民和居民日常使用。

母亲所在的车间叫作制模车间。通俗地讲，就是制作压制土碗模胚的车间。这是一个黑白二色的单调世界，有文化人想象地把它艺术化，在电影中浪漫。实际上，这是一项有毒有害的重体力劳动。先说黑的，是由硫磺烧制而成的用着土碗模胚的模胚。这个模胚是先制作好的，如果一直保持原样也许毒害不大，但在高温加热后，别说它的毒素了，哪怕是它散发出熏人的臭味就让人头晕脑涨。高温加热是由白色来完成的，也就是石膏粉。石膏粉是制作土碗模胚的原料。制作的工序是先把石膏粉在一口大锅中用大火高温炒至200度左右，然后倒入装有冷水的桶中用手搅拌均匀，再慢慢地分别浇注一个个硫磺模胚中。待其冷却后取出，送到泥土车间去压制成碗。

母亲就是那个每天抱着水桶来回奔跑浇注的人。这个水桶高40公分左右，直径也不小于40公分。母亲抱着它时整个上半身就只能看到大水桶了。母亲先得去水池边接一桶冷水，再到刚出锅的热石膏粉炒锅下把石膏粉用大勺舀进桶里。一股热浪夹带着粉尘直冲脸面，桶里是沸腾着如活火山岩浆一样咕咕嘟嘟的石膏粉。母亲必须立即双手用力地搅拌均匀，然后抱着装满石膏泥浆的大桶快步跑向硫磺模胚，迅速地把石膏泥浆浇注到一个接一个的硫磺模胚中。一排又一排的硫磺模胚刚浇注完，就该马不停蹄地把最先浇注的模胚上的硫磺外盖撬开，取出里面的石膏土碗模胚，搬运到旁边的空地上码放整齐。接着，把硫磺模胚的外模里面，内模外面都刷上一层滑油，盖上外盖准备好下一轮的浇注。母亲就这样一桶接一桶，一圈接一圈，周而复始，月月年年。没有人计算过她跑过的距离绕了地球多少圈，也没有人计算过她抱着大桶托了多少吨。更没有人检测过她吸入过多少扑面而来的粉尘，没有人知道她被硫磺和石膏的气味熏过多少遍。冬天的冻水刺骨，夏日里汗流浃背就更不在话下了。

母亲的这个工种是国家法定的有毒有害工种，相关病症是早已列入国家职业病目录的。按照规定，工人在这样的工种工作一段时间后，必须进行替换，以减少对工人的职业伤害。然而，母亲从进厂到退休就没有换过工种，一直在这样的工作中劳作了一生。到了晚年，不但浑身上下严重的风湿疼痛让她苦不堪言，而且十个手指头固定成了一只手扣着水桶底，一只手握着水桶把的形状，再也没有一个手指能掰直了。

长期从事这个有毒有害工作，导致如此严重的身体伤害也不能全怪工厂。在某种意义上甚至可以归结为母亲“明知山有虎，偏向虎山行”。因为这个有毒有害的工种按照国家的规定，每个月都有职业伤害劳保补助：二斤黄豆、半斤菜油、一斤猪肉、半斤白糖、一双线手套和两个口罩。这些东西在当时都是凭票供应的，即便不凭票也是我家所无力购买的。有了它们，我们每个月都能吃上一次猪肉，也能用上菜油炒菜。黄豆我们拿出去换成豆腐，白糖用来跟别人兑换粮票或者布票。粮票用来补贴家里几个正在长身体的孩子，布票用来给孩子们买布添置衣服。口罩拆成纱布后做成我们夏天透凉的薄衫，或者直接拼成我们秋冬御寒的棉衣。线手套一直都有专门的用处——拆成线团后给我们织成保暖的线衣线裤。

十二　相亲

母亲带着我们的时候还正值青春。年轻漂亮，君子好逑。开头几年，少不了游蜂戏蝶（在“正派人士”的意义上使用）般地来人相亲。少不更事的我，作为拖油瓶偶尔也会掺和进去。

来相亲或者提亲的人，都为正派人士。他们有正当职业，有高低的头衔，有正常的长相，有相近或者相远的年龄。在我眼里，他们看上去个个都长得人模狗样的。而且，母亲和我们这个家，确实需要有一个这样的男人。

他们都是文化人。在那个年代，文化人是有外在标识的。以中山装左侧上的衣服口袋为据点，用插入钢笔的数量表示该人文凭的等级，然后就能准确无误地向世人昭示着自己的学历。具体地讲，在上衣左侧口袋上插三支笔的人是有大学文凭的。插两支笔的人是高中毕业生或者在技校受过训。插一支笔的人至少也是个初中毕业的或者进过高级扫盲班。来与母亲相亲的人，口袋上没有不插笔的。在我的记忆中，多为插两支及以上者。他们皆由命运使然，或离异或丧偶，或者干脆就是“钻石王老五”。少有的带着孩子，多为孩子给了原妻，或者没有孩子。

在这样的来人中，不难找出母亲中意或者至少是能够匹配母亲的人。因此，也有实质性进展地谈过那么几个。到了谈婚论嫁的关键时刻，这些人模狗样的人都会提出大致相同的一个条件：把离婚时法院判给他父亲（此后通称“长者”）的两个孩子送走，即把我和我的二妹送还给长者，即刻成亲。结果可想而知，母亲当然是摇头拒绝。也有郎心似铁者，在母亲摇头后再退一步，亮明了自己的底线——把这个男孩子送走即可！母亲听后就不再是摇头而是直接下了逐客令，因为这条底线碰触的正是母亲的底线。

多年后，这些相亲的人和事还会在母亲心中泛起。当我们不听话时，当我们令母亲失望时，母亲都会一遍遍地哭诉：“老子是鬼摸了脑壳，倒了八辈子的霉！当年我要是同×××(长者)一样去结婚生子,老子现在的儿女也跟你们一样大了,哪里还要受这个气,遭这个罪哟!”

母亲的想法和说法都是有道理的,对她而言,也的确是合乎情理的应然性选择。然而,如果母亲当年做了这样的抉择,我们几姊妹的人生就会《酒干倘卖无》:“假如你不曾养育我,给我温暖的生活;假如你不曾保护我,我的命运将会是什么?”

十三　夜奔

法院判决我和二妹归长者后，母亲最为担心的是我。交接时，母亲千叮咛万嘱托：你一定要把儿子带着！长者信誓旦旦：就是不要我自己也不会不要儿子！一周后，长者把我和二妹送回了数百里外他农村的老家，把我和二妹交由他的母亲也就是我们的婆婆带着。

婆婆孤身一人，垂垂老矣，已然没有了在生产队靠劳动挣工分的力气，归入了依靠生产队救济的“五保户”之列。加之她本人的成分定得高，属于需要监督劳动和经常批斗的对象。小脚的婆婆自己本已艰难地在生存中挣扎，现在又多出两个没爹没娘的年幼小孙，无疑是给本已被秋风所破的茅屋雪上加霜。

母亲终究是放心不下，写信给在附近农村亲戚家生活的大姐去看看弟弟妹妹。大姐的住处离我们约有十里地，是只能步行的山路。大姐说，她看到我们的第一眼就哭了！弟弟瘦得都脱形了，又矮又黑皮包骨头，两条腿瘦得比两只胳膊还细。两只眼睛都扣进去了，只有两个淡黑色的小眼珠看着还在转动。二妹的情况更加严重。双腿浮肿已不能站立，平躺在屋子里潮湿的泥地上。身上皮肤全都紧绷着，泛出吓人的黄光。用手一按全都凹陷进去，久久不能复原。肚子膨胀得像一个圆圆的篮球，按一下就能听到里面的水响。两个人的衣服都成布条了，上面的泥土比布条还重。大姐留下从亲戚家带来的一点食物，痛哭着跑回去的当晚就给母亲写了一封信。

母亲收到姐姐的信后不能自已。痛哭着马上就向车间主任请假，到家换下工装就直奔火车站。那时，从母亲工厂要回到数百里外的乡下，得先乘火车，再转汽车，然后步行数十里山路。更为难办的是，长者已经把我和二妹的城镇户籍注销了，变得了跟婆婆一样的农业人口。那个时候，要把一个农业人口转变成城镇户籍，难于上青天。母亲一路求情，一路哭诉，一路跪拜，一路磕头，终于拿到了恢复我和妹妹城镇户口的批件，但时限只给了一天。

马不停蹄。母亲傍晚拿到批件后就动身启程，从县城步行赶往三十里外的乡下。半夜见到了我和妹妹，失声痛哭中给我们穿上她带来的衣服，然后立即动身返往县城。深夜，崎岖的山路上，母亲背上背着妹妹，手里牵着我，路不好时还要抱着我走上一段。漆黑的天，挂着几颗稀疏的残星，路上偶尔窜出几只黄鼠狼和野猫。途经的村庄有几声渗人的狗吠，万物无声。寒气袭来，我和二妹打着寒颤。母亲却是冒着腾腾的热气，浑身上下早已经被汗水反复浸泡。

后来，母亲生气时她常说的就是这件事：如果不是老子把你们连夜从狮子桥（地名）背出来，（你们的）骨头都敲得鼓响了！是啊！母亲用她的生命延续了我们的生命，我们却不能用自己的生命留住我们的母亲。

十四　下跪

在那个没有学上、没有工作的年代，我们最大的奢望就是在母亲厂里做几天临时工。

这样的临时工每天能挣1.2元钱。但不是每天都有，没有的时间多于有的时间。然而，即便在有的时间，即便是我同年同班的小伙伴们都去做工了，也多半没有我做的份儿。当这份临时工作比较繁重的时候，主管会说我年龄不够；当这份临时工作比较轻松的时候，主管就说我超龄了。在这位主管的启示下，当我后来学了“欲加之罪，何患无辞”这句话后，就演变成了“这个世界上最不缺少的就是‘理由’——张嘴就来。”

母亲带着我去找主管副厂长。在办公室、男工宿舍和他住的地方都没有找到这位杨姓副厂长，却在回来的路上，在厂区男厕所前的一片空地上遇到了他。母亲上前述说。杨副厂长一脸厌恶，几句话后就要转身离去。母亲声泪俱下，却不能唤起杨副厂长的丝毫同情和怜悯。情急之下，母亲追上转身欲去的杨副厂长，抱着他的一只腿在痛哭中跪求。此时，一大群工人已经围观在周围。杨副厂长竭力挣脱，一只手用力掰开我母亲紧抱着他腿的双手，一只手用力把母亲从他身上推开。当这一切努力都无济于事后，杨副厂长在围观者的起哄中带着倒在地上的母亲向男厕所拖去。在男工们的一片欢笑中，被拖到男厕所门口的母亲自己松开了双手。

围观的工人们一阵狂欢，各种脏话和羞辱倾泻在母亲和我的耳中、身上和心里。我除了站在那里无力无奈地哭着，完全不知道该做什么，也什么都做不了。我唯一能做的，就是永远记下了这个场景，永远记住了那天的母亲。

十五　拼命

在我们小的时候，谁要想骂我们几句，打我们一顿，基本上是不需要去找理由的。母亲的话是这样说的："风要往你屋里刮，雨要在你头上下。"

一天放学后，我和同学们在厂里的篮球场上打球。不久，工人下班了，几位青年工人混在一起打球。其中，一个青工没来由地就对我开骂，不堪入耳。我回了一句，青工随即就动以拳头。我的反抗，招来的是更加猛烈的拳打脚踢。不一会儿，我便倒在了地上，鼻血把胸前的背心染红一片。

回到家中，母亲一看就急了。问明来由，直接就冲了出去，在球场上找到这位打人的青工，扑上去就在哭骂中开打。青工是1米8的彪形壮汉，母亲是1米5的羸弱矮女，结果可想而知。加上围观起哄者的污言秽语肆意嘲笑，母亲是带着伤痛和泪痕回到家中的。

本以为此事就此打住，没想到这还只是一个开头。几天后的一个夜里，入睡夜半的我突然从嘴里吐出几口鲜血！吐血这件事在当时非同小可，百姓家更是视为索命之兆。在全家的一晚忙乱中，到了早上的上班时间。母亲一把拉着我，直接到了那位青工上班的车间。在一个泥浆池旁边（碗厂沉淀泥浆的大水池）看到了这位青工。母亲以百米冲刺的速度，以猛虎扑食的身姿，把自己连同这位青工扑倒在泥浆池里。厂方出面调停的结果是：由青工支付我的医疗费。由母亲停工带我去看病。

于是，母亲又带着我踏上了漫长艰辛的陪医之路。

十六　陪医

之所以说“母亲又带着我踏上了漫长艰辛的陪医之路”，是因为这条路开始于我很小的时候。

在我还不记事时，据说发了一次高烧，落下小儿麻痹后遗症。本来看上去还算凑合的脸，有要去跟卡西莫多认亲的趋势。母亲竭尽全力地阻止这个趋势，上天入地都要还我脸的原型。去乡下寻偏方，到镇上扎针灸，上省城看华西（华西医院，西南地区最好的医院），跳河沟捞水草。从我只能在她背上背着，到我跟着她能走能跑，似乎一直就没有停歇过。中医西药，烫敷烤冻，冷汤热汁无所不用其极。然而脸还是那张脸，人还遭了太多的罪。

吐血显然比变脸要命，母亲也更是以命相搏。重新把我背在背上，直接就去了华西。那个时候的华西，医术是不是世界第一不好说，但排队挂号的难度肯定是世界第一。头天母亲把我放在小旅店里，自己一个人去通宵排队。第二天早上挂完号后再回来接我去医院，顺路在路边小摊上稀饭就泡菜把早饭吃掉。后面可能是少了盘缠，母亲就退掉了小旅店，带着我一起在排队中度过通宵。

不排队，你不知道在华西医院通宵排队有多么艰辛！从下午五六点开始，露天走廊上就开始聚集人群了。初夜，人们已经排成多行或者挤成乱团了。此时，会有几个年轻力壮者自告奋勇地站出来维持秩序。在他们的大力推搡下，长长的队伍勉强成型了。入夜，四川潮湿的露天在给草木遍洒露珠的同时，也给露天里堆放的人们盖上了寒冷。冻得发抖的人们或原地起跳，或上下跺脚。无论有多么饥寒交迫，时间都会带着你走向清晨。等熬到了早上六点，人们盼望已久赫赫有名的沙老太出现了！她的到来，预示着挂号的秩序和黎明的曙光。沙老太在华西医院挂号排队者中非常有名，但却没有一个人知道她的名字叫什么。她身着一件长期不换但浆洗干净的白大褂，粗壮的脖子上挂着一支红绳系着大口哨。尽管人们一见到她就尊称一声“沙医生”，但显然她不是医生，只是医院的一名员工。排了一夜的人们在她的刺耳的口哨和震耳的吼叫中，自觉而迅速地让队伍变成了一字形。这就为医院上班后开始挂号做好了充分的准备。当时在我心中，沙老太就是《红岩》中的双枪老太婆，甚至就是江姐。即便放在今天，我觉得沙老太至少也应当是一个省级劳模。

母亲带着我，从工厂到成都，从成都到工厂，不知多少来回，难记几度寒暑。看遍华西各科，医生自说自话，各自都不得要领。吃了不同的药，打了不同的针，透了不同的视，照了不同的片，但却一个都没有给出确切诊断。最后，一位医生问："那天晚上吐血后有没有再吐过？""没有再吐过。""那就有一种可能——你的鼻血倒流进身体里，那天晚上从嘴里吐了出来。"这位医生进行了或然性推断。他的这个推断对母亲和我无异于下达了一份续命告知书。我们在千恩万谢中，结束了长达数年的华西之旅，还有那漏夜的排队和清晨的"猛人"沙老太。

十七　邻居

我们最早是租住工厂附近的农民房，租金是一个月一元钱。与农民做邻居，最能体验“远亲不如近邻”这句俗语的真谛。在母亲加班没有回家时、我们放学回家后没有晚饭时以及遇有其他急难时，隔壁的邻居也是房东会全力照顾，住在一个村的左邻右舍也都会尽力地给予我们帮助和照顾。当然，母亲也会以各种方式回报他们。

最有意思的是去农田里捡花生或者红薯，或者说是捡拾多种应季的农产品，比如麦穗、洋芋（土豆）等。在本来意义上，“捡”是指在农民收割后的农田里，去寻找他们丢弃或者遗漏的农作物，拿回家自用或者去集市上交换。农作物的捡拾与收割常常是同步进行的，即前面是农民在进行正常的劳动，用锄头挖花生，用镰刀割麦子。我们一群小孩子就十米开外地跟在他们后面，用小撬掏土里残留的花生，用剪刀剪下遗漏的麦穗。在一般意义上，这是一种利国利民勤俭节约的好风尚，应当大力宣传与提倡。在特殊的场合，这一榜样性行为被添加了特殊的方式，从而也就具有了特殊的意义。

我们捡拾花生或者麦穗、土豆时，都会有意识都跟在邻居家的大叔大婶后面。经常地，他们会遗漏下让我们喜出望外，远大于"捡拾"意义上的收获。比如，一株花生，上面的藤叶不见了，但根下面的整株花生果都静静地待在原地等着我们捡拾。推而广之，这个方法也用于红薯和土豆。麦穗则需要有新的方式，在麦田中留下站立着的麦株就太刺眼了，因此大叔大婶们会让它们原地倒下，连同麦秆和麦穗。我们跟在后面，会无一遗漏地将它们剪下来收入布袋中，连同其他散落的麦穗。

所以，每一个收割的季节都是我们最为高兴的季节，因为我们可以吃到裹满农田气息的花生，可以吃到一年中最早也是最新鲜的红薯和土豆。捡拾的麦穗倒不足够到磨成面粉后用作主食，但是可以用来跟别人换取红薯或者土豆。

当然，左邻右舍叔叔阿姨们的关照更多的是在平时的日常生活中。每次谁家杀了年猪，都会给我们送来一块猪肉或者一只猪脚。谁家的母鸡下了头窝蛋也会给我们几个尝尝鲜。谁家来了客人杀了鸡鸭也会端来一碗汤。凡此种种，情满人间。以至于后来听到样板戏唱出“穷不帮穷谁照应，两个苦瓜一根藤”时，我是深有感触的。

如果结合后面的“混居”，以及走上社会后遇到的各色人等，我深以为然的还有卢梭在《忏悔录》中说的：“卑贱者最聪明，高贵者最愚蠢。”虽然我们的邻居们大多是生活在社会的最底层的小人物，家里通常还会有残疾人。但正是他们，给了我们最温暖的关怀，最无私的帮助，教会了我们人间最真挚的处事之道。

十八　混居

在计划经济时期，工厂是要为工人提供住房的。母亲所在的工厂也不能例外，但是在实际安置中却非常搞怪。这家工厂规定三个女职工在筒子楼里分一个房间，约20平方米。职工子女与工厂无关，分房时不予考虑。由于没有女工愿意同有子女的工友住在同一个房间，房屋分配者就把三个带着孩子的寡母分配到了一个房间里。于是，三位寡母，九个孩子（分别是我们家一男三女，林姓寡母家一男一女，李姓寡母家三个男孩）生活起居全都在一个20平方米的房间内，在理论上各有房间面积三分之一。三位寡母年龄都不到40，九个孩子有男有女，年龄跨度也很大。这样一个奇异的组合每天怎么睡觉？怎么吃饭？怎么说话？怎么交际？完全无法想象，实在不可思议。然而，我们就在这样一个房间里住有经年。

每天是各家有各家的乱象，各人有各人的不便。三位寡母早、中、晚三班，随时都有起床和睡觉的交替需求。处于青春期的孩子有青春的烦恼和苦闷，还在童年期的孩子也有童年的困惑与无知。家家都有难念的经，三家还有打不完的架。哭吵谩骂是三家人生活的常态。或是母亲教育管教自己的孩子，或是两位母亲对打对骂，或是三位母亲连场混战。没有轻松的时间，没有隐私的空间，没有人格的尊严，没有人性的遮掩。各种污言秽语，各种乱砸乱扔，各种争短论长，各种私密公示。在这个房间长大的孩子，长大后不以犯罪为职业便是与社会最大的和解。

即便是现在回想起来仍然不寒而栗，仍然不可思议。农家屋虽然是泥土堆积，却远比工厂宿舍的砖木结构安全温暖。

第一次有了一家人住的宿舍，1975 年

十九　探视

运动来了。人们只知道这是整“走资派”的运动，实际上，小人物也难逃厄运。小人物在社会变动中得不到好处是众所周知的，小人物在社会变动中少不了坏处是人们忽略的。因为变动后吃了亏的大人物是有话要说的，小人物即便说了也是没有人听的。

于是，我们家的处境就更加不堪。如果平时只是街谈巷议，现在就可以当面侮辱了；平时只是交头接耳，现在可以图文并茂了。头天夜里，你在家中睡觉，第二天早上食堂门口就会出现许多大字报。这些大字报当然主要是针对“走资派”的，但也不妨捎带上我母亲，因为她是没有任何回手之力的人，不写白不写。日渐恶劣的环境和无学可上的荒废，逼得母亲想到了长者。母亲把我和二妹送到了长者那里。

长者是有家室的人了，儿女双全幸福乐无边。突然到来的一对孩子，如同咀嚼美味佳肴时突然嗑到了一颗石子，不仅尴尬了面部表情，于众人在面子上也挂不住。长者还是有办法的，先联系了我们继续去读书的小学校。然后在东山上租了一间房子，带着我和妹妹去了那里。给我们买了些米倒在盆子里，买了些青菜堆在墙角边，油盐酱醋少许，柴火灶前自取。然后，转身离去。

后来学刑法知道有一个"遗弃罪"，我不确定长者的行为是否构成犯罪，但我和妹妹的的确确是被遗弃了。自煮自吃，自穿自洗，自缝自补，自冷自暖，自饱自饥，自病自愈，自作自受，自生自灭。利州的武斗在巴蜀是有名的。白天我跑到河边去看火柴厂的造反派们试射土炮，晚上我拉开门看马路上两派打斗冲杀。看着他们刺刀见红，看着他们躺地倒下。不是我的胆子有多大，而是我根本不知道有胆子这回事，也没有人教过我在这种时候要避灾躲险。入冬后，一派的值班室里有个大火炉，我每天晚上都去那里烤火闲待，从不缺席。有一天晚上不知道什么原因我没有去，第二天再去的时候才听说值班室在夜里被另一派偷放的炸药炸掉了，大火炉和围坐的人都不复存在了。到现在我也没有想清楚为什么那天晚上我没有去?

母亲听闻利州武斗吃紧,放心不下。向工厂请了两天假来看我们。坐火车到利州后,找到了住在山上的我俩。本想看看我们就走,但没有想到她根本就走不脱了!从她到来的第一分钟起,左邻右舍的大妈大婶们就涌进我们的小屋,一圈又一圈地围住了她,声泪俱下的诉说汇成一句话:你必须把他俩带走,你不把他俩带走他们就会死在这里!"我把他俩吃的剩饭换去喂鸡,鸡都不吃。""他俩的衣服又脏又破,换回去送给捡垃圾的人都不要。""他俩买了菜就放到地上(那时中国还没有普及冰箱),吃到菜都烂了都不晓得丢了。""在外面被人打了也不知道在伤口上擦药。""你女儿上次肚子痛得在地上打滚都莫得药吃,最后还是我把她带到医院去看病的。"

三天三夜,整整持续了三天三夜。母亲已无话可说,也无泪可流。直接把我和妹妹带回了家,从此我们就再未分离。

二十　菜茎

四川人称之为“包儿白”的蔬菜学名是结球甘蓝，俗称洋白菜、圆白菜、包心菜。四川人还把它叫作莲花白。工厂食堂得有几百人用餐，包儿白的用量也就特别大。炊事员剥去包儿白的叶片后就把它的茎丢在地上，待工人们用餐后归入垃圾。

一次，母亲从食堂带回来了一大堆包儿白菜茎。倒在家里的大筲箕后，就叫我们围坐在一起，每人都拿着菜刀或者小刀，剥去菜茎表面的硬皮，不一会儿便有了一大盆白净的包儿白菜茎。此后，母亲让我们不时地去食堂看看，如果有炊事员扔下的包儿白菜茎就把它们捡在背篼里或者簸箕里，捡完后背回家来或者抬回家来。剥去硬皮的包儿白菜茎可以放进泡菜坛里做成泡菜，也可以切片后放入热油锅中炒成青菜。更多的时候是把它们用铁丝串在一起，挂到外面晒干，可以做成腌菜切块炖汤，也可以切丝条拌凉菜，时而也会送一些给邻居。

当时还没有蔬菜大棚，所以包儿白只在短暂的应季中才有。即便在这个季节里，久走夜路也会撞到鬼。炊事员中有一个武师傅，其长相印证了面相学中的“脸上无肉（川人音‘ru’），整人刮毒（川人意‘厉害’‘凶狠’）”。他不知出于什么心态看不惯我们捡拾包儿白菜茎。每次看到我们去了，就会在骂骂咧咧中把包儿白菜茎全都扔进潲水桶里。我们只能无功而返，还对他心生畏惧，每次在去食堂的路上都祈求不要碰见他。如果有他在食堂当班，我们远远看见就转身回家。

不仅包儿白菜茎可以食用，茄子把上的皮也是要食用的。被全国人民学习的好司务长孙乐义，就是因把茄子的胎座收集起来给连队战士吃而成为楷模的。通俗地讲，就是把茄子把上的那层皮撕下来，放入锅中连同茄子一起煮来吃。夸张点说，除了冬瓜皮（入中药）外，几乎没有我们不吃的瓜菜皮。在西瓜上市的季节里，我们上学都带一根粗长的铁丝，见到地上的西瓜皮就扎下、串起。放学到家时除了背着书包，还提着或扛着一长串西瓜皮——拌上米糠喂鸭子。

我们家养的鸭子是全厂最肥的。当然不是只喂西瓜皮拌米糠，还会走去远山的堰堂里，下到水中从泥水里掏出蚌壳来。河蚌有的半埋在泥水中，有的全部都没入泥土里。半埋着的我们就直接捡起来放进背篼，泥土里的我们就顺着泥缝往下掏，再把一只肥大的蚌壳装入背篼里。背着沉沉的蚌壳回到家中，砸开它坚硬的壳，里面是鲜嫩的蚌肉。鸭子小的时候就给它们切碎，大一点后就直接扔给它们。围在我们身边的鸭子每次都有打牙祭的欢快，吃了蚌肉的鸭子也长得特别肥实、毛色很亮。我们家的鸭子长成后，赶场天拿到街上都能卖个好价钱。我们也会杀几只来吃，除了慰劳自己外，拔下来的鸭毛卖给供销社的农副产品收购部会有一笔可观的收入。有时候，卖掉鸭毛的钱都可以再买一只鸭子回来吃。

二十一　反抗

“人善被人欺，马善被人骑”是母亲对我们说过的。母亲的本意大概是看我们总是被人欺被人骑，要我们奋起反抗，不惧不怕。然而，这几乎没有可能性。因为这句在中国广为流传数百年的话并非一个提示句，尤其不是一个假设句。“人善被人欺，马善被人骑”是一个陈述句，描述的是弱者是受人欺负的，弱马是被人骑行的。这种状况，不会因你情理而改变，只会因你的实力而必然。尤其当一个弱者“不善”时，他招致的欺负只会更大而不是相反。所以聪明的中国人又说“人在屋檐下，不得不低头。”而且为了强调或者是为了退缩，还在前面自我安慰地加上了一句“留得青山在，不怕没柴烧”，把“祖上比你阔”的精神胜利法倒过来用上了。

母亲给我们配套"人善被人欺，马善被人骑"的是"强者莫怕，弱者莫欺。"这句话具有与前一句相似的问题，对于一个弱者来说，要做到"弱者莫欺"的可能性相对大一些，但是要做到"强者莫怕"则不具有客观真实性，往往还会招致严重后果，有违"留得青山在"的以待来日。

上述描述在理论上是成立的，在实际生活中，母亲也给我们不被人欺，不怕强者的强力支持。那是在小学时的一堂写毛笔字课堂上，坐在我前桌的一位人高马大的强者无心书写，也容不得我认真书写。于是，他就转过身来对着我开骂。我先是"留得青山在"，继续写我的毛笔字。他也继续实践着"人善被人欺"，准确地说是把"被"改为了"可"，无所顾忌地继续作恶，还不断地扩大辱骂的范围。当他骂到我妈时，我已经忍无可忍，无路可退了。我顺手抓起桌子上用倒扣着的土碗底做的砚台连同里面的墨汁砸在他的头上。顿时，血流如注，课堂大乱。老师和同学立即把他送到医院包扎，并且通知了他妈。

晚上回到家中，我惶恐不安。他妈此前已经找过母亲侮骂了，母亲也已经对她赔了不是并且赔了钱。接下来就是母亲要怎样处罚我，要用什么方式处罚到什么程度了。进到家门，母亲黑着脸怒气未消地盯着我，问：“为啥子？”答：“他骂你！”母亲听后慢慢地转过身去，没有再说一句话。此后，母亲没有再在家人面前，也没有再对我提及过这件事情。

二十二　顶罪

冬日的一天下午，租住农民房的三妹家窗口突然冒出浓烟。不一会儿就有人到母亲家叫喊：“米嬢快点，你女儿家着火了！”母亲和我们一齐冲了出去，跑到了三妹家。还好，火已经扑灭了，只剩下一屋烟雾和几张惊慌中慢慢放下的面孔。

原来是三妹在炉子边给婴儿烤尿布。这在当时的四川是家常便饭般的常规性操作。中国人世代相传所用的是由家人的旧衣服和旧被褥拆洗裁剪后的布片或者棉片。这些让中国人几千年从襁褓中长大的布片，舒适度、实用性和环保功能是尿不湿所不可比拟的，唯一的麻烦就是每用一次就得洗净晾干。四川的天气却并不配合，总是阴沉着脸，少见其笑。空气中的湿度则是长年爆表的。衣服洗完后两三天不干是见怪不惊的。即便干了，穿在身上的感觉还是湿润着。因此，尿布在阳光天的户外晾晒和在阴雨天的屋内烘烤都是四川人家庭的招牌和标识。那天可能是三妹太累了，不知不觉中睡着了。尿布在炉边由湿变干，由干而烫，由烫而焦，终于到达了燃点。好在三妹在火中的惊醒，也好在邻居的相助，更好在这样的火是水就能扑灭的。所以终未酿成大祸。

帮三妹收拾完后，母亲和我往回家的路上走。随意地，母亲说："刚才以为是一场大火。我本打算告诉你三妹，就说是我点燃的。"我听了母亲的话一时没有反应过来，只觉得心中一惊。那时我还没有学习法律，不懂得母亲的顶罪在《刑法》上不仅于事无补，还会引罪上身。更不懂得在中国法制史中自孔子以降就有了"亲亲相隐"的法律制度，不知道这是儒家文化在中国人家庭中的生根发芽和世代传承。由这种文化融入其中的血缘纽带使中国人奉行了几千年的家大于天。在"家"面前，有罪可隐，充军可顶。

其实，这些都不重要。母亲半是自言自语地说出来的这句话，仅仅因为她是母亲，仅仅在于她可以为儿女奉献自己的全部。在她看来，这太平常不过了。

二十三　陪吃

直观地看，吃饭是个体的生理需要。实则，吃饭更是个体在群体中的社会和情感的心理需要。在家庭，吃饭的场景更是生命的记忆，饭菜的味道常常与亲情、乡愁、母爱和童年勾连。

在这些底色上，我们家的吃饭又多了一道独特的风景——母亲的陪吃或者说陪吃的母亲。一顿饭菜，通常有荤有素，或炒或炖。四川人的饭桌上更是少不了新鲜的泡菜和应季的蔬菜。饭菜做好后摆上桌来，每人面前一碗米饭。母亲坐下来后，不是按照自己的喜爱挑菜吃，而是端着自己的米饭碗扮上了侦察兵。她不动筷子也不动声色，端看我夹的是哪一样或者哪几样菜。那么，这顿饭她的筷子是不会去碰这一样或者这几样菜的，直至我吃完饭或者全家吃完，成了剩菜。在我吃饭的过程中，哪一样或者哪几样菜会不知不觉地移动到我面前，当然都是母亲手工移动的。

我为此很不舒服，甚至吵闹过、罢吃过。然而毫无意义，只要上桌一切照旧。无奈之下，我只能极大地提升自己吃饭的速度，很快地吃完饭就下桌，让母亲和其他人都能正常地吃饭。

“屋檐水点点滴。”这句话的本意是说下雨天从屋檐的瓦片上流下来的雨水是沿着固定的轨迹落在地上同一个点位的。天长地久，你会在四川农村的瓦房前看到雨水循规蹈矩且锲而不舍地在地面砸出一个个小水坑。母亲用这句话教育我们要孝顺，是在“老吾老”后面续上了“无不老”。母亲说的话我们是记住的，她的意思我们也是明白的。然而万万没有想到的是，这句话应验在了我自己家的饭桌上。

外甥从外地出差到我家——他不止一次地见证过我在饭桌上与母亲吃菜一事的冲突——我们为他准备了一顿丰盛的饭菜。吃到一半的时候他有感而发：“舅舅原来说外婆不吃菜，把菜移动到你面前。你现在跟外婆一样，也是不吃菜，也把菜移动到我们面前。”我顿时无语：家庭的习性与传承竟如同家族的基因。如此强大而稳固，如此不动声色地潜移默化。

其实外甥有所不知的是经年累月我们也总结出了母亲的“三抢吃”规则，投其所吃地用上了我们的招数。一是抢吃瑕疵之食。烧糊烤焦的饭菜不能吃，吃了会致癌。这是专家的说法，也为百姓所知晓。但是，如果桌上有呈现糊焦状的饭菜，尤其是相对价高且平时少见的荤菜，母亲会以迅雷不及掩耳之势把它们挑出来吃下肚里。我们多次劝阻得到的回答仍然是：“等我得癌症的时候已经太阳都落坡了。”意思是她年龄大了，即便吃这些东西后会得病，到那个时候对她而言已经没有什么关系了。而儿女们还年轻，在时间上有富裕。于是，我们就故意说饭桌上的某个食物糊了，母亲一听不及细看就吃下肚子。二是抢吃过量之食。这里面有两个意思。一是食物过量，二是食者过量。前者的焦点聚集在不要剩下和浪费食物，所以桌上的剩饭剩菜母亲基本上会一人包圆。后者的重点放在了孩子们不要食之过量，这种对健康不宜的事也是由母亲承包的。三是抢吃过时之食。倘若食物过多或者剩下，尤其是存放的时间过长，母亲也是不准我们食用，而由她来负全部之责的。所以，当桌上有剩菜时，母亲整顿饭一定是盯住不放的。当水果萎缩时，母亲就不会再找借口推让了。摸到这个脉络后，我们就对症下药——每次要让母亲吃点什么东西时，我们就说这个剩菜太多了，这个水果已经坏了。此时，母亲同样会以迅雷不及掩耳之势把它们一把抢入手中。如果是饭菜，就倒进自己碗里一并吃完。如果是水果，就先咬一口再去掉疤痕烂点吃完。

二十四　鸡头

餐饮节目是安全的，所以都争相播放。我除了看书也喜烹饪，所以就经常观看。发现其中有关烹饪本身的内容不多，围绕烹饪煽情的内容较多，尤其儿时、家乡、妈妈的味道是必不可少的。循此线路，我的味道中就浮现出了小公鸡和大鸡头。

每年开春后，我们会在赶场天去街上买几只到十几只刚由母鸡孵化（四川人用“抱”，比较形象化。或者来源于“母鸡抱窝”这个农家专用词。）出来的小鸡仔。后来从河南来了卖“电抱鸡”的（人工用电孵化出来的小鸡仔），就会买得更多。电抱鸡便宜，但存活率很低，饲养者只能以多买求少活了。小鸡仔的活动空间先是在床上、桌上，后是在屋里的地上，再去到屋外的院子里，再去到树木草丛中。小鸡仔的食物先是家人捣碎的米粒，后是桌上掉下来的饭粒，再到院子里的沙粒，再到树草中的虫蚁。

一个月左右，小公鸡处于要打鸣却还未打鸣之际，小鸡进家时在地里种下的青椒也长出了长长的尖。母亲从地里摘一把青椒切成小段，再从土里拔出一把生葱、几株青蒜横刀切成短节；从泡菜坛里捞出些老姜、红椒和豇豆剁得极细，再从山边的树上采来青花椒。在一群嫩鸡中，挑出品相出众的小公鸡（母鸡是要留着下蛋的），宰杀、接血、除毛、破腹、清洗内脏一气呵成。然后把整鸡切成肉丁、内脏切成小片。柴火灶上的铁锅热透后，倒入菜油烧至冒烟，倒入鸡肉短时爆炒，然后加入内脏和各种佐料混炒后快速起锅。那一小碗凝固后的鸡血或者加入锅中混炒，或者单独烧水做成一碗飘着几片丝瓜或者菜叶的鸡血汤。

在小公鸡爆炒、起锅、装盘的过程中，家里满屋满床都充盈着平时不曾有的扑鼻香辣。吃起来，更是当时和现在都不曾有过，而且此生不再有的辣香、醇香和余香。

坦白地说，那些年母亲炒出来的小公鸡基本上被我一个人吃了。妹妹和全家人都只是嗅到了它的香气而已。我不知道该是怎样愧疚的追忆抑或该是怎样幸福的回味？[坦白地说，除了鸡头外，我还享有另一项特权——炒完菜后把稀饭倒进锅里，沾点炒菜后残留的油气和盐香吃〔当地人叫“笨（音）锅饭”，疑为“拌”锅饭的川音〕。由于炒菜的次数有限，我行权的机遇也少。]

从小到大，从小鸡到大鸡，家里的鸡头也都是我一个人吃了的。正是因为这种不公平和不平等，妹妹们说我比她们多读书就是因为家里的鸡头被我一个人吃了。以至于我工作后回家过年都再也不吃鸡头了，补偿性地把这份家中特有的补脑神器留给妹妹们。

对于我吃过的大大小小的鸡头，母亲是以常人难以想象也不曾模仿的方式进行制作的。在整鸡去毛后，母亲就搬个小板凳坐在光线充足的门前，用猪毛夹一根一根地把鸡头上的毛夹掉，直到最后连鸡头上细微的绒毛都没了踪影。母亲不知道从哪里听得说毛发吃进肚子里是会吸血的，因而就格外的认真与仔细。经过母亲用猪毛夹夹过的鸡头，是我见过的这个世界上最光亮最洁净的鸡头。在我们与这个世界共存的日子里，母亲坐在门前小板凳上夹鸡头的造型持续了从只用自己的双眼到戴上眼镜再到戴上老花眼镜的几乎整个生命历程。

同样是因为我吃鸡头，母亲用刀砍下的鸡头所连着的鸡脖也越来越多，从一个鸡头到还连着一点鸡脖，到连着更多的鸡脖，发展到了鸡头连着足足有半只鸡脖。

二十五　参会

我这里说的“参会”是特指的参加家长会。每次的家长会是我们家难得高兴的日子，是母亲难得舒心的时光。

母亲回到家中会给我们描述她去参加家长会的经历。在去开会的路上，碰到相识的学生家长是这样说的：“米孃，你是怎样教你儿子读书的？我每天晚上就守在我儿子身边，他还是读不进去书。”到了学校，教室外面有相识的老师，也会高兴地对母亲说：“你儿子又考满分了！”班主任在家长会上总是这样对母亲说：“你儿子的学习你就不用操心了。他知道怎么学习，文化课都是第一名。”

这些信息，既是对我学习的肯定，更是对我继续努力的鞭策。这些话从母亲口中说出来，就更加意义非凡。因为母亲和我们家都是低到尘埃里的人。在平时，这些家长们在母亲面前从来都不会正眼瞧她，私底下说的话就更加不堪。见面时礼节性点头已然是最高礼节，一脸冷漠的不屑才是世态的本来。能让她们对母亲平视，能让她们功利性地向母亲讨教，还有什么比这更能给母亲安慰、让母亲欣慰的呢？母亲为我们拼死拼活还饱受欺侮，我们什么都做不了，自己的学习成绩倒成了最好的武器。世界上还有什么比这件事更加值得一做，更加值得做得更好的吗？

母亲对我的学习一向是紧盯不放的，她心知肚明地知道这是她儿子唯一的出路。当我的考试成绩低于95分时，回家便少不了一顿棍棒。比棍棒更神奇的是，每当母亲离开我们几天，比如回潼南老家照顾外婆，我的成绩就会下降几分。当然，母亲回来成绩也就回来了。其实，她什么也不可能教我，因为她没有上过学。我读什么书，怎样读书她是完全不知其所以的。好在母亲离开我们的日子很少，所以我的学习成绩还就一直能够保持着。

二十六　陪哭

在那个年代，农村孩子进城的可能性途径由二选一：当兵或者上学。我家虽在工厂，但我出路的唯一正选就是上学。这也恰恰是我唯一的长项。

终于在“动乱”后，经历了停工、停产、停课、停学，学校要“复课闹革命”了。也就是说，闲置已久的校园要重新热闹了，闲散已久的老师要重新上课了。招生的方式现在看上去是奇特的，在当时却是正常的，即“单位推荐、学校录取”。具体的操作方式是学校把要招生的名额分配到学生家长所在的工厂、商店、街道居委会、农村生产队、党政机关和当地驻军等单位，由这些单位推荐分配名额限度内数量的孩子去上学。其余的孩子被排除在校外，不再有上学的机会。

我的学习成绩是路人皆知的，尤其是在我家那个小地方。所以，母亲第一时间就去找了学校的校长。学校的校长以及母亲在学校碰到的老师都对她说："你儿子的学习我们大家都晓得噻，他不来上学还有哪个谁能来上嘛？"母亲从学校回到我打石头的矿山上高兴地告诉我，我们就高兴地继续在矿山上打石头。

母亲所在的工厂分到一个名额。听信"他不来上学还有谁能来上"的承诺，我们继续平静地在矿山上打石头。学校的录取通知下来了，但名字不是我，而是厂里另外一家有点特殊背景的孩子！据说，有点特殊背景的人给学校打了电话，学校就由我的这位同学取代了我。这是一位除学习以外都比我强大的同学。

这件事放在今天可能算不上五雷轰顶、灭顶之灾，但在当时，对于我和我们家真的是五雷轰顶、灭顶之灾。这件事不仅给了我当头一棒，而且还断了我的后路。你不是只会学习吗？你不是学习最好吗？算个屁，一个电话就被人取而代之了！你还有什么出路？你怎么可能还有出路？我那些年在心中反反复复记念的是《增广贤文》中的"黄河终有澄清时"，我家也有出头日（后半句是我自己添加的）。现在，黄河远还没有澄清，而且永远不知道它是否真会澄清、何时真能澄清？问苍天，苍天无语。问大地，大地无言。问自己，自己落泪。

从矿山回到家中，我没有吃饭就直接到床上躺下了。头向墙面，泪若泉涌、倾泻在枕头上。全家无语，安静地吃饭，安静地洗碗，安静地扫地，安静地坐着，安静地哭泣。过了许久，母亲强忍哭泣，隔着蚊帐轻声地对着我的背说："累了，明天就不去矿山了。在家休息一天吧？"我没有回答母亲的问话，只是泪水更加止不住地倾泻在枕头上。

我在心里一遍遍地对自己说："我从今以后就只能天天在矿山了！"算是对母亲哭泣的回应。

二十七　送养

一个女人要带大几个孩子的艰辛和苦难不是我们今天用文字可以记述的。睁眼几张嘴，闭眼满床人。出门要穿衣，进门要吃喝。母亲常说这样一句话“这个时候你才晓得锅儿的铁倒的（应当是‘铁水浇铸的’。当时人们用铸铁锅，把灰口铁熔化后的铁水浇铸在锅模中成型。川人从简，以铁水浇铸的状态‘倒’为词。）”所以，从小到大的过程中，我们都先后有被送人（专业地讲是“送养”，与“收养”相对），被他人收养的不愿复述的历程。

大姐首当其冲，而且一去不返。大姐来到这个家里，小小年纪就感受到了女孩在中国农村家庭不受欢迎的惯性。因为一直在母亲身边，有母亲呵护的大姐长到了四岁。这年，家里又添了个儿子。长者全家喜出望外，有后为大。大姐更像个小可怜虫，随时依偎在母亲身边。风云不测，月子中的母亲一觉醒来，发现儿子没有了呼吸。原来是白天太劳累，晚上睡得沉，小婴儿翻滚中在棉被里窒息夭折。母亲悲痛欲绝，还得承担与“夏商毁于妲己，强周亡于褒姒”同等的罪责。在母亲毫不知情下，长者与其母为了再生男儿重续香火，径直把大姐送人了。母亲肝肠寸断，哭得死去活来，但也只能死去活来。大姐从此与我们在不同的家庭中长大。大姐成家前对我发誓一样地说：“今后我有了孩子，天塌下来我都要把他（她）带大，绝对不能送给别人！”可见，这样的经历对于子女的伤害是多么的刻骨铭心，多么的不堪回首，多么的不容重蹈。在母亲，送养的大姐是一生挥之不去的痛，也是一生与日俱增的恨。母亲常常在我们面前咬牙切齿：“不是 ××× （长者）那个挨炮火的（四川骂人话），我大女儿哪里会送给别人？”

我和二妹在法律上是判决给长者的，所以我们两人被送的范围有一定的法律约束。我们俩先后被送两次。第一次是被长者送回他农村的老家，结果是母亲在“夜奔”中的解救。第二次母亲把我俩送还给长者，结果是母亲在“探视”中的回收。

就送养的可行性而言，四妹是最适合的人选，因为收养人认为人小好带，长大了也不会寻亲认亲。于是，向外送人的噩运落在了四妹身上。收养人既是工友也是邻居，夫妇多年未曾生养，是一个既符合《收养法》（当时没有，现入《民法典》），又知根知底、可视可探的理想送养家庭。四妹被送出一周后，外婆知道了这件事。外婆直接就要母亲"去要回来，我帮你带。你今后是要靠她的。"一语成真，母亲的晚年在当医生的四妹照顾和护理下，过着有尊严有质量的生活，母亲的生命也在一次次转危为安中延续。最后，也是在四妹和家人的陪伴中，在四妹为其精心设置的家庭病房中走完了自己的人生。温馨且有效地避免了"让他们独自生活，或者把他们丢给一系列无名的设备，让他们在生命的最后日子同几乎只知道他们名字的医生、护士一起度过。"（葛文德语）。在外婆发话的同时，舅舅也说话了："二姐，你把她带到，今后让她到我这里来读书。"在外婆和舅舅都发话后，母亲从邻居家要回了四妹。随后，先是外婆把四妹带回了老家，后又去舅舅家上学，再从舅舅家的学校考入医校。

送养时间最长，离家最久的是三妹。三妹送出的时间最晚，是在家庭黎明前的黑暗时期。也就是说，再坚持几年，孩子们就能多挣点钱，曙光就会降临我家了。与其他收养人不同，收养三妹的是一位至亲，也是婚后多年无子，三妹去了后处境不会太差。母亲看到收养人视三妹如己出，也在无奈中安下心来。三妹很快融入了农村的生活——割猪草、喂小鸡、养生猪，收玉米，打谷子，放牛羊事事上手，样样在行。来年母亲再探，才得知农村学校的境况极其不堪——唯一的老师从一年级教到五年级（当时小学学制缩短为五年），而且是语数音体思品政包圆，而且是五个年级的学生混杂在一间屋子里上课。三妹放学到家，晚上是不能点煤油灯看书做作业的，因为收养人家没有这笔买煤油的钱。三妹读书的这种境况超越了母亲能够承受的底线。母亲费尽周折，最后终于把三妹要回了家。

哪一个儿女往外送养，不是割去母亲一块心头肉啊！

母亲与儿女们

二十八　边缘

我们小时候听得最多的一句话是“不做温室的花朵，要做展翅的雄鹰。”这句话听起来很励志，用起来却不好使。就成长而言，花朵与雄鹰本不是同类，两者本就没有可比性。如果换成“不做窝里的小鸟，要做展翅的雄鹰”，问题立刻就出来了：小鸟不是雄鹰，雄鹰曾是小鸟。当雄鹰还是小鸟时，待在窝里是必须的，也是必然的，是合乎天理人伦的。否则，小鸟就可能长不成雄鹰，或者长成没有翅膀的废鹰。

张雅文在《妈妈，快拉我一把》说：“罪与非罪绝非鸿沟，天堂与地狱仅一步之遥。在充满各种诱惑的大千世界，所有的孩子都没有先天的免疫力。”从我和二妹被长者放在山上到母亲来“探视”接回的经历，足以证明这一点。由于没有一个“窝”，由于没有“窝”的归宿、守护和养育，我成了社会的边缘人，成了问题少年，无限地接近于折翅和夭折。

凑热闹。凑热闹可能是孩子的天性。哪里有人哪里就有孩子，哪里有事孩子就在哪里。倘若在平时，混成费材。如在战时，死于非命。运动本为平时，武斗即为战时。武斗中，我追随火柴厂的造反派在河边试验火炮，两派开火对射时我呆站街道的中间。白天无事的我，看着一方用红缨枪刺向另一方，还从刺破的棉衣中往外掏棉花。夜里空闲的我，听见一方在追杀另一方，还开门出去跟着跑了几里地。

趴茶馆。在我上学的路上有一家茶馆，茶馆里每天都有艺人说评书。在里面听评书是要花钱的，因为卖茶才有座，有座需交钱。我上学时走到茶馆外面就走不动了，在外面闲逛着等着艺人说书。由于不可能有钱进去听，就趴在茶馆的窗外贴墙站着听。说评书的艺人最擅长的是“且听下回分解”，分解下来我的逃学便具有了连贯性。

混社会。如果说人是社会动物，孩子就是群嬉动物。小朋友最大的自卑不会因为成绩不好，但会因为伙伴不容。跟什么样的伙伴在一起，影响着孩子一生的轨迹。不然，孟母何苦要搬三次家呢？我没有母亲看护，就慢慢地滑向了深渊。我们在街上任意推开别人的家门，在广场相约夜里打群架。在小食店门前拿过蒸笼里的馒头，如同中国版的冉·阿让。在角落里被多人围殴，如同伦敦雾中的奥利弗。

交保费。一个问题比我严重的少年盯上了我，要我每周给他交五毛钱的保护费，否则便是一顿雨点般的拳打脚踢。我尽量地躲避，只要别碰上他。我尽量地交钱，却根本交不出钱。我生活在极度恐惧中，却无处诉说也无人可说。我梦里惊吓得醒来，但醒来还得再受惊。

“迷失方向的少年，期待一只温暖的手，引领他走出迷茫。”（张雅文）母亲来了，她把我带回了她的身边。

二十九　家规

我们家的家规是母亲用一刻不停地忙碌，加上她自己的一套语言体系来建立的。

关于家庭。“死得做官的爹，死不得讨口的娘。”这是母亲一生痛苦的因，也是母亲一生磨难的果。这是我们受苦的因，也是我们幸福的果。“这或许是一句古语，常人尽可以在口头常谈于闲暇。但是于我，则是现实的写照，更是现实的忧虑，还是现实的恐惧。”(《母亲在，家在》)母亲也是明知山有虎，还为儿女行。“如果光顾我自己，怕受折磨，去寻找享受自己幸福，那当然对于我，比现在好。但你们是不可想象了。”(家信)“要得好，大带小”“前面有和尚，后面有模样”都是对较大孩子的具体要求。若有龃龉，唯大是问。“儿不嫌母丑，狗不嫌家贫”是在现实生活中进行爱家主义教育，因为我们家已经穷到极致了。

关于学习。“吃不穷，穿不穷，人不读书一世穷。”既然如此，一世都穷的我们除了读书已别无选择。“书读到肚子里，贼(zúi)娃子都偷不走。”那就读吧。

关于劳动。“穿衣吃饭各人搞干”这与当时听得耳热的《国际歌》“从来就没有什么救世主，全靠我们自己”是同义词。所以，再苦再累，我们咬牙忍受。再难再险，我们无所畏惧。因为没有人能够救我们，只有我们自己。我们自己也救不了我们，只有靠我们拼命地劳动。恰如萨特所言：“失去了推脱的借口，而所有希望都存在于自身之中。”“木脑壳都是人雕的”“和尚都是人做的”作为追加，告诉我们世上无难事，只要你去做。

关于节俭。“儿多不可牛踩（四川读 chǎ ）死”是说有钱也不能乱用，何况我们没有。“猫儿尾巴上挂不住死泥鳅”“耗子也要有存粮”说的是有钱不能全用完，何况我们根本就没有。“讨口子（乞丐）还嫌馊稀饭”说的是挣钱莫嫌少，有比没有强。

关于悲情。悲情教育在我们的家教中占有相当的比重。通常是以母亲的哭声起势，然后用各种责骂做中，最后以“和尚无儿孝子多，母猪儿多莫下落”结尾。

时而加注“狗改不了吃屎”的终极否定。这一趟走下来，即便是见到了屎，狗也不敢再吃了。

关于希望。“只有千年的衙门，没有千年的官”“和尚帽子大不了一尺”，希望总是存在的，关键是要坚持。“鸡公厕屎头节硬”是万万要不得的。

关于压抑。压抑是我家的气氛，也是我家的特色。家中基本上没有欢歌笑语，人人大都愁容相对。母亲还不停地提示：“欢喜麻雀打烂蛋”“一箱子衣服洗哪件？”“丫头子戴不得凤冠”“狗狂要挨棒，人狂要出事”“出门看天色，进门看脸色”。进门的脸色会好吗？一般不会。

关于交往。“远亲不如近邻”既是千年的古训，也是母亲的常谈。配套的有“人敬你一尺，我敬人一丈”“恶人莫要怕，善人莫要欺”，而不能“桴炭（木柴烧后的木炭，纯黑色）修磨子，走一方黑一方”。

关于忍受。“你能搬起石头打天？”这句话好像有名人说过，但那是在讲科学。母亲对我们说，是我们受到了欺辱，要我们逆来顺受，忍不可逃避之忍，受难以承受之罪。与此配套的还有“事到头，不忧愁”“脑袋掉下来不过碗大的疤”。这些话已经比较阿Q了。或许正如名人所言，中国人幸好有阿Q，不然怎么活下来呀？

关于女德。一般要求是“站有站相，坐有坐相”。特定规矩是“笑不露齿，吃饭不出声”。警告性提示是“坏人头上不刻字”。

摘抄一段信，可知母亲心：您哥姐来信也关怀我身体．而且叫我少管您们但我非叫您们知道我这一背（辈）子的痛苦．又怎能不惦念呢与了解我的结剧（局）不行惟（唯）一的希旺（望）只有寄托在您们哥妹身上为我争光了．现您説也安下心来努力学习不去做那些不起作用和目前条件与还不是时候的空事了我也不担心同挂念您了把生活开好不用買東西和药田（回）来我每天早起床病也无了．

您一定得听您哥和舅舅他的话．他们还不是为了我们好与他们小（晓）得我带你们不容易的了．希您要下定决心克服自己英文差了要说您比您哥学习条件好您得学习他的思想与经精（精神）才不祘（算）枉我伯（白）苦了．他（指“您哥”）来信向我求情同意他在（再）学习三年才结婚当了博士好叫我去享福．他考的比較好，可能有希旺（望）．你哥已二十六岁了．他还不忙説个人问题比起来您就更小了．因为无理想不合適的説何（合。四川话。应是“回”

的变音，“说一回”）了不顶用.没（莫）得最（罪）人.无我们心忠（中）答（达）不到目的的不管誰説一句有了（指回答“有了”）也无任何麻顸（烦）事.一个人不（论）白天晚上少行動坏人也无字（指“坏人头上不刻字”）但也不少。

三十　禁泳

我的家乡虽然不是江南水乡，但却是水乡。不仅有沟渠交错，流水潺潺；更有涪江环绕，潮起潮落。平日里，江水不足半米，水平浪静，是摸鱼捉虾的好去处。雨季里，洪水暴涨数丈，水急浪高，是随波逐浪的好时机。每逢洪水涨起，小伙伴们就从江堤上或者大桥上跳入湍急的洪水中，随浪冲行，在数里外水面缓平处游向岸边。上岸后，再溯江而上，走回到先前跳水的起点，再跳入水中，随浪冲下。如此反复，天黑乃归。童年之趣，不亦乐乎。青葱少年，不知险乎。

我却少了许多的乐趣和风险，因为母亲不准我们下河游泳。在母亲心中，不愿给风雨缥缈的家庭再添风险。在邻居口中，这个家庭只能进补药不能吃泻药。所以，任何额外的风险，能免则免。然而，江水的诱惑，伙伴们的欢乐是不以人们的意志为转移的，甚至是人的意志不能阻断的。平日里，我也会偷偷地下到河中，在靠近岸边的浅水里泡上几时。涨水天，我也会跟着伙伴们跳入洪水中，随波逐流地冲到数里开外。不亦乐乎，不知险乎。

唯一的麻烦是回到家中如何应付过母亲的检查。生活在江边的都有一个常识，下水后上岸后者的皮肤是有别于没有下过水的人。从水里出来的人经过太阳一晒，不但皮肤表面色彩会起变化，而且皮肤表皮干燥得很。因此，检验一个人是否下过水，只需用小手指的指甲在他的手臂上轻轻一划，一道显眼的白色划痕便是坐实了的呈堂证供。这种事后检查的方法比沈从文私塾先生事先设陷的手段还高明（“学塾为了担心学童下河洗澡，每到中午散学时，照例必在每人左手心中用朱笔写一大字，我们还依然能够一手高举，把身体泡到河水中玩个半天。”见《从文自传》）。因此，每次上岸后怎样避开这一险境让我费尽了心思。当时只能有时事先在水龙头下冲洗手臂，晒足阳光再回到家中。有时是干脆把手臂打湿，说刚在外面洗了手。有时能逃脱，有时也徒然。唯一的后果是我终于没有如同伙伴们一样学会游泳，而且他们大都具有“浪里白条”的本事。

礼缺后补。我学会游泳是多年以后了，是陪着儿子去游泳池。儿子是请了教练的，我作为陪同人也是需要下水的。学着教练的动作，慢慢地我也会了，而且还考取了深水证。但毕竟是偷师学艺，没有付出金钱上的对价，所以并未得其要领。本想以此作为我的常态性运动项目，怎奈不得其法，每次竟然游得浑身发冷，最后只能放弃了。

三十一　竹板

放学回家，刚进门就看见母亲黑着脸，手里拿着一根一寸宽、二尺长的竹板。没等我反应过来，就是一声断喝："跪下！"接着高高举起的竹板不由分说地落打在我的身上。母亲边打边责问"我叫你不认真听课，我看你还敢不好好读书？"母亲手重，怒气更重。打一下一道血印，挥一板一道胀痕。在我一声比一声剧烈地哭喊求饶中，母亲停止了抽打。把竹板往地上一丢，自己大哭了起来："我真是命苦啊！拼死拼活地养着这些不争气的东西，我这辈子哪里还有出头之日啊？"

哭声变小后，母亲诉说了事情的原委。下午，母亲去学校补交我们的书本费，经过我上课的教室时，趴在窗户上往里看了一阵子。不巧的是，此时的我没有听课，而是在课桌底下偷看连环画。这一幕被母亲看个正着，虽然强压怒火没有当时就冲进教室来，回到家中却提前预备了竹板。母亲继续她的边哭边骂边教育：“我也是鬼摸了脑壳，倒了八辈子霉了带着你们这些不争气的东西。我这一辈子都毁在你们手里了。在哪里都被人瞧不起。我上班受他们的气，你们上学被别人欺负。你们又不好好读书，我们一辈子都只能受人的气，一辈子都只能被人欺负了。像你今天上课这个样子，我的苦是白吃了，罪是白受了。我的血和泪都白流了！”

母亲说的道理还小的我们不甚明白，但她说的实情虽小的我们确有所感。读书能不能不被人欺负，能不能不再受这些人的气对于我们是未知的，可能正是这种未知让我们愿意去尝试。何况，我还比较能读书。再何况，除了读书，我们还有什么可能呢？当然，尝试也并不等于习惯，认识到也并不等于做得到。所以，因为读书的事挨打这不是第一次，也不是最后一次。好在每一次我都记住了，每一次都会让我的学习有所改进，终于也在最后算是把书读出来了。

三十二　电影

上世纪的大部分时期是没有电视的，电影成了唯一。即便是在电影院里看电影，也只是少数人的唯一，因为多数地方没有电影院，多数人更没有看电影的钱。我们那个小镇沾了西南地区最大水泥厂的光，有了当地唯一的职工俱乐部之唯一的电影院。虽然一张电影票只要五分钱，但如果不是工会给职工发票或者少数手上有余钱的人买票，绝大多数人是不会花这个钱的。

免费的露天电影是大家的最爱，我们称之为“坝坝电影”，准确地表述了在一块平地上，在两棵树或者两根桩子之间挂上一块叫作银幕的白布，在夜色笼罩中咔咔作响的放映机就会把光束投射上去。这个可以有。碗厂自己放电影时，我们的任务是下午就搬出凳子去占位子。最佳位置是在放映机前面，既正对银幕又远近相宜。母亲会炒出一些瓜子花生、摘上几个黄番茄，带到坝坝里边吃边看。有时候，没有占到位子或者到其他地方去看坝坝电影，我们就会跑到银幕后面去看。

水泥厂的电影院与碗厂是隔河相望的，去水泥厂看电影要走过一条小河。小河是有桥的，但远，所以人们都会选择踩着水面上一个个小石墩跳跃式地跨过小河。有一次，寄住在我家的小表弟和大家一起跳过小河去看电影，回来时一只鞋被河水冲走了。等他过生日时，母亲问他想要什么礼物？小表弟怯生生地说想要一只鞋。在一屋人的笑声中，母亲从身后拿出了一双刚买的新鞋，送给小表弟作为他的生日礼物。

坝坝电影没有固定的放映时间，尤其没有固定的结束时间。有时候为了从另外一个地方拿到一部他们正在放映的片子（当时称之为“跑片”），大家坐在夜色看完一卷胶片后坐等下一卷胶片的传递。有时候，会接着放映两部甚至三部影片，大家也都坐在夜色中看到凌晨。一次，我们凌晨到家后都赶紧上床睡觉了，突然发现四妹没有回来。母亲猛然地问“小妹的人啦？”于是，全家再次出动，沿着回来的路找寻。一路上边走边喊着小妹的名字，寂静空旷的晨曦中喊声更具穿透力，却仍然见不到四妹的人影。母亲冲在最前面，急得一路喊叫，一路哭着直跺脚。到了一个涵洞时，才看到洞子里面影影绰绰晃动着一个小小的身影。母亲三步并作两步地冲进漆黑的涵洞里，一把抱住原本就是四妹的身影。受到惊吓的母亲一路上都不敢松手，一直把四妹抱着回到家里。原来，四妹看电影时睡着了。醒来后，放电影的坝子里已经空无一人。她只好提着小凳朝着回家的路上走。到了涵洞里面，小姑娘既不敢继续前行，又不敢哭出声来，只能在恐惧中站立并晃动着，直到母亲一行人的到来，四妹才石破天惊地放声痛哭。

大多数时候，即便是坝坝电影我们也是不能去看的，或者因为从矿山上回来太晚，或者因为家中还有其他事情要做。因此，关于电影，我记忆中最深刻不是看过什么或者没有看过什么，而是母亲就看电影这件事说过的一句话：“看啥子电影哟？你自己的电影都莫得人看！”我这一生都在琢磨母亲所说的“你自己的电影都莫得人看”到底有多少种解读？我想最接近的一种可能关联了她说的另外一句话“吃了你有钱人的饭，耽搁了我莫钱人的事。”我大学本科的班主任反复提到我大学四年没有看过一场电影，其实并不是我不喜欢看电影，只是怕耽搁了我莫学上人的事，怕本就莫人看的我的电影更加莫得人看。

三十三　拒绝

一个人要拒绝别人至少需要两个先决条件：其一是别人有求于你；其二是你可以满足别人。这两个前提条件于我们家人来说基本上是不存在的，存在的是在拒绝前加上一个“被”字。世界的奇妙在于凡事都有例外，这个例外来自于我当木匠时。

有一段时间，我回到母亲所在的工厂干木工活，是典型的苦脏累工作——拉大锯。我在《母亲在，家在》中这样描述过：“在‘迎来送往’的循环中全身得到充分的运动，尤其是由拉开锯者呈现的人体彩绘（汗如雨下天然浑成）常令人叹为观止。”古语说的“木匠身上烂肉三斤”，至少有一斤是拉大锯所致。因为“拉大锯时锯齿在手臂上拉出多条血口是再正常不过的事儿，甚至在技术熟练时了也难以幸免。”拉大锯的劳动报酬是按照锯开后的木头面积来计算的。木工房的组长看我略识文字，就给我一个附加的任务——丈量木工们所锯开木头的面积，用于他以此为据与木工结算工钱。头天中午，一个拉大锯的木匠师傅代表其他人把我拉到一旁，轻声细语但明确无误地要我在丈量时放宽尺度，在工作账本上添加面积。所得收益，五五分成。这个方案对我是有很大诱惑的，这笔外财对我们家也如久旱逢雨。但毕竟还是初出社会的孩子，不敢自作主张，就跑回家去告知母亲。

本以为母亲会赞许有加，谁知道母亲像是割草的手突然抓到一条缠在草上的蛇一样，脸色马上就由晴转阴地变了，极为严肃地对我说：“莫听他的！”接着说：“人穷志不穷。不该挣的钱你莫挣，不是你的钱你莫拿。”于是，我拒却了木工们的要求，每天都坚持实测实量，实记实付，直至数月后拉大锯结束。

母亲的这次拒绝引导了我一生的拒绝。不该挣的钱不能挣，不是自己的钱不能要。挣钱的目的是让自己生活得更加轻松和自由，但如果所得到的钱附带了白日的担心、夜晚的恐惧，会对警笛产生惊吓、对监狱生发出联想，这种完全背离挣钱目的的钱是绝对不能要的。

三十四　神秘

欺负我们家是一种常态，这是可以预期的。欺负我们家的人都没有好下场也是一种常态，却是有些神秘的。这不是我心中的悲愤，而是实际发生的事件。这类事件，我们原本没有感知，是经过母亲的提示，我们才在回顾和品味中确信，才感应了人间的定数，敬畏了世间的神奇。

"欺负我们家的人都没有好下场"是母亲对我们说的原话，不止一次，而且不是在我们被欺负后的赌咒，而是欺负者在欺负我们后或近或远的悲惨遭遇。母亲是从他们实施欺负行为后惨遭报应的诸多事件中得出来的事实性结论。

一位正值壮年的王姓工人，在一次装碗（临时活计，僧多粥少，要抢占车位才能挣到钱）中与我们几个孩子起了冲突。立时对我们肆无忌惮地恶骂，对并不在场的母亲也极尽侮辱之能事。我们几个孩子，包括事后知道的母亲当然是毫无招架之功，更不必侈谈还手之力了。回到家中，知道这件事的母亲只能哭着对我们说："欺负我们家的人都没有好下场。"一个月后，这位据说从未看过医生的施暴者被确诊为肺结核，不久便回到乡下，辞别人间。一位长期以欺负我们为乐事者，家中的妻子被洪水冲走了。那个打过我的青年工人，上山时被毒蛇亲吻后少了一条腿。

我们并没有从中幸灾乐祸，也并不是要对他们落井下石。我们只是感受到人世间的神秘力量，我们只是从中学会了为人要善良，做事要厚道。我们也都坚信了母亲"善者莫欺，恶人不怕"的谆谆教诲，并把它奉为一生的行为指南。

一位原中学校长在《善良的穿透力》中问："不知道你注意到没有，在学校打老师最厉害的学生都过早辞世，什么原因呢？"类似的问题我们的老师也预言过。在一次围攻年轻女老师并把她逼入男厕所，回到班上又一再起哄的事件中，年轻的女老师无助地站在讲台上，泪流满面地说："你们中的大部分人都不会有出息，只有个别同学会成为人才。”说这话时，老师的泪眼明显地在我脸上扫过。那次，全班只有我一个人全程没有参与这场恶作剧，而且表现出悲凉的无助。

我深深地记住了老师的这句话，后来的事实也确凿地证明了这位年轻女老师泪雨中的预言。我的这些小学同学没有一个考上大学的，大部分人终生没有正当职业，少部分人靠顶替父母上了班，却也在分流中下岗，或者在改制中退职。

三十五　问人

《论语·乡党》:“厩焚，子退朝，曰:‘伤人乎？’，不问马。”意思是孔子退朝，得知马厩被烧了，只问了一句“是否伤人？”记录者加了一句“不问马”。教授在给我们讲这段话时两眼放光，说这是孔子仁者爱人光辉思想的典型例证。教授的崇拜之情溢于言表，告诉我们在马厩里干活的人都是奴隶，而那个年代奴隶最不值钱，“匹马束丝”就可以换五个奴隶。我们听后连同教授都一并崇拜了。

如果一个人没有学过孔子，也不知道孔子曾经只问人不问马，却在类似的场景中只问人不问马，这位无师自通者是不是也值得被崇拜一下呢？

母亲就是这位无师自通，值得崇拜的人。

年前需要购买年货，这个任务委派给了我。那年我们已经开始做临时工挣点钱了，家里的经济也有所改观，但还是仅限于不再捉襟见肘。我背着一个大背篼在年前的最后一个赶场天去到街上，猪肉、牛骨、鸡蛋、萝卜、辣椒、粉丝、海带、盐巴一应俱全，装满了整整一大背篼。回家的路上要过一个小河，河面无桥，只有原本就有和人为放置的一些石头，过河人需要用类似跳芭蕾的舞步踩在露出水面的石上过河。跳跃中一个趾溜，我掉到水里了。背篼一歪，里面的东西滑落出来，随水漂流，很快到了深水区。我一阵手忙脚乱，追赶着水中的年货，竭尽所能地捞回了一小半。然后，垂头丧气地往家里走。

一路上，预想着母亲会怎样的一顿责骂，会怎样的心痛难受。走进家门，母亲看到浑身湿透的我和少量残存的年货，问我怎么回事？我述说了掉在河里的遭遇，强调我尽力打捞但还是损失惨重。顿时，母亲脸色一变，声音也提高了许多："哪个喊你在水里去捞的？东西冲走有啥子嘛，人冲走了唧个办？今后再莫做这种蠢事了！"

母亲给我拿出了干衣，烧好姜汤。然后，用背篼里剩下的年货去做年夜饭。

三十六　理发

母亲是从不理发的，但她每个月都会到理发店，原因是我每个月都要理发。

工厂设置的小理发店与工厂的大澡堂在一起，一间不大的小屋里灯色昏暗，逼仄地摆着两把能够转动的椅子。散落的几个小板凳是给等候者预备的。两位理发的师傅都是本厂的工人。一位姓陶，一位姓肖。但人们不称他们为师傅，而是叫“板眼”。在四川话中说谁“板眼”，是说他小名堂多比较搞笑。所以，陶师傅被称着“陶板眼”，肖师傅也随之被称着“肖板眼”。实话实说，我没有看出他们有多搞笑和有什么小名堂，理发却是很认真和专业的。

我的头发是由他们从小理到大的。每次理发，母亲都要带着我去理发室，而且从头陪到尾。先是尽量选择陶师傅，因为人们普遍认为他理发的手艺在肖师傅之上。这样的选择多少有点得罪人，所以等待和选择的时机有一定的技术含量。在陶师傅给我理发时，母亲从开始到结束一分钟都没有闲着，不停地在陶师傅身旁围绕着我坐着理发的椅子转圈。一会儿告诉陶师傅这儿多剪点，那里少剃点。一会儿请求陶师傅把前面的头发剪短点，或者把后面的头发留多些。一通忙活，直至我的头发剪完，吹干，母亲把钱付了才算完事。月月如此，次次皆同。

名气在外的陶师傅有时候也耐不住性子，半真半假地对母亲说："你儿子的头发怎么剪都好看！"陶师傅的意思当然是双重的，母亲也听得出这双重的意思，但一点儿都不影响她的陪同和重复。

陶师傅退休比肖师傅早，所以后期便少了选择的麻烦，都由肖师傅操刀了。但是母亲的陪同和忙活还仍然继续，似乎她做的是一件永不退休的工作。

有孙子后，母亲在北京继续她在四川的工作。每次都是由她带着小孙子到小区的理发店理发。从小到大，同样地围着椅子转圈，同样地担任椅边指导。同样地在洗头时用毛巾捂着小孙子的眼睛，同样地用自带的毛巾为小孙子擦净脸手。

一直带到孙子上小学，母亲回四川了。我们头一次带着他到同样的小区理发店，理发师无意中就在他的耳朵边划出一道口子。捂着他出血的耳朵，我心里五味杂陈。一位母亲陪了两代儿子，尽管只是日常生活中的常规性理发，也会分别给你留下母亲在场不在场的鲜红印记。

三十七　直面

“和尚都是人做的”“木脑壳(四川话,‘木偶’)都是人雕的”。貌似不相干的两句话说的都是一个意思——世界上的任何事都是人可为之的,没有什么事情是人做不到或者不能做的。无论是有生命力却以“和尚”面世的人,还是没有生命力也以“木偶”存活的人。这两句话或许可以拔高为“人定胜天”的口号,或许可以常归为“超级自信”的鸡汤。或许,还可以把这两句话代换为洛克菲勒给他儿子封中“最重要是克服人类最大的弱点——自贬,千万不要廉价出卖自己,你比你想象中的还要伟大”的汉语表达。

这两句话对于常人,不过是掩埋在浩如烟海的格言警句中的一颗沙粒,视而不见或者一瞥而过。但是对于已经被人踩入泥土中的我们，却是大海中漂浮的一块木板，山崖边倒悬的一枝树杈。配合这两句话的，还有母亲说得更具体也更有针对性的：“别人看不起你，你自己要看得起自己！”这句话更加现实和实用，因为对一般人来说这是一句条件句，甚至可能是虚拟条件句。但对我们而言，这是一个陈述句，而且就是真实陈述句。

母亲是这样说的，也是这样做的。她身体力行地为我们示范了人的一生中没有过不去的火焰山。母亲吃尽了人间所有的苦，遭受了世上一切的罪，但却从未退却、从不止步。搬砖、搬瓦、搬石炭，扛沙、扛石、扛水泥，背矿、背土、背煤炭，割草、割藤（棉葛藤，从山上割下来卖给厂里捆碗用）、割野菜，洗衣、洗车、洗道渣（用于铁轨枕木下面的小石子），种菜、种花、种瓜果。无论是挑战自然，还是抵抗人渣，母亲都保持乐观、勇往直前，身体力行地告诉我们怎样去面对困难和艰险。

在母亲的言传身教下，我们遇事也能直面困难与艰险，也坚信没有什么是我们做不到的。凡事从不期待幸运和侥幸，相信的是自己的勇气和能力。对于任何事情，我们都会竭尽全力，尽其所能。如果经过我们努力后仍未如愿，则“尽吾志也而不能至者，可以无悔矣，其孰能讥之乎？”

三十八　写信

母亲没有上过一天学，但是却会写信。

母亲出生在川渝一户贫穷的农民家庭。上有一个大姐，下有四个弟妹。虽然中华人民共和国成立后他的两个弟弟都上了大学，但无论是在旧社会还是在新社会上学这件事都不会轮到她头上。她能认字是当工人后上过工厂夜校的扫盲识字班。她会写信是在路上捡到过别人的一封信。然后，照葫芦画瓢。因此，母亲的信具有完全不同于常人的文字特色。

首先，无论给谁写信，不仅在信的开头用的是“您好”，比如“儿子，您好”。而且通篇都是“您”而没有“你”。我猜是母亲捡到的那封信就是这样开头的。而且，可能除了这个“您”字，她不一定知道还有另外一个“你”,更不会知道这两个“您”和“你”有什么区别。在四川话中,这两个“您”和“你”的发音也没有北方话那样明显的不同。

其次,是简体字与繁体字混用。比如,“考虑”写着“考慮”、“学习”写着“学習”、“节约”写着“節药”、“锻炼”写着“鍛煉”、“高兴”写着“高興”、“妈”写着“媽”等等。最有意思的是,信中常用的“钱”字,母亲用的是中药处方旧16两制中计量符号的“钱”,即一个叉或者说一个 × 符号中间加一点。我们每次在镇上医院开回来的中药处方上,有些神秘的中医医生就是这样写的。而且他们开药方时都是先把全部的药名写完,然后飞快地在每味药的右下方加上“几钱”二字,这也让病人比较容易地学会了他们特有的“钱”字。因此,在母亲的来信中,我每次都会读到不止一个“×”加一点的“钱”字。

再次,是错别字与自创字纷呈。“回来”的“回”写出来是“面”字去掉了上面二笔的“囬”,“家”写出来是宝盖下面有一个“加”字,“希望”是“布旺”,“支援”是“支源”,“带回”是“代囬”,“合适”是“何实”,“信”是人字旁加一个“文”字。不一而足。

标点符号母亲是不会用的,全信中只用一个黑点作为标点。这个黑点既不是逗号也不是句号，既可以是逗号也可以是句号。

下面摘抄两段母亲的来信：

您好代回的信（人字旁加一个‘文’）吸（及）东西都全收到了希您放心．关于目前我们家（宝盖下面一个‘加’字）里（左边的“衤”字旁加上右边的“里”）一切可好了．不必牵挂（“挂”字右边加一个“卜”）．

现（“王”字旁加了一个“竖折勾”）天气变化太大了注意少生病．现（同前）又不好代（带）煮熟的吃的东西来所以您自己就不用怕花钱（×加一点）去吃了．

三十九　洁净

在有洗衣机后，洗衣机洗过的衣服母亲大多会再用手搓洗一遍。在没有洗衣机的年代，我们洗过的衣服母亲大多会再用手搓洗一遍。经过母亲搓洗的衣服，每一根针织的路径清晰可见，每一条丝线交叠都泾渭分明。经过母亲双手搓洗过的衣服穿在身上，即便是在泥浆中浸泡捞出来的衣服也会如同刚穿上身的新衣服一样洁净如新。当然，这是以母亲双手在衣服上反复搓揉和在水中长期浸泡后的红肿为代价的。

母亲常挂在嘴上的一句话是“人穷水不穷”（当时洗衣主要是在河道水渠），意思是你的衣服穿得再破旧，也要洗得洁净如新。所以，我们小的时候穿的衣服虽然一定是旧的、改装的、增接了衣袖或者裤腿的，甚至是女装男装混改的，但我们穿的衣服一定是全厂或者全校孩子中最洁净的。当时工人穿的工作服是“劳动布”制作的，这是一种又厚又硬的布（就是后来称之为牛仔服的那种布。“牛仔裤本来是工人穿的，比较结实，后来变成了高级消费品。”（阿城：《中国世俗与中国文学》），为的是工人上班时穿得时间可以更长久，以免经常发放。一种一年发一次的工作服，通常都会在上班时穿得全是油腻和污垢后才洗一次。即便是这样的衣服到了母亲手里，用洗衣的木锤反复锤打，在搓衣板上用力搓揉，在流动的河水中多次漂洗，加之在皂角树上采摘皂角煎制的皂角水，穿出来后也是洁净如新的。（与老舍《我的母亲》一样：“就是屠户们送来的黑如铁的布袜，她也给洗得雪白。”）后来看到街上扮酷的时尚青年在牛仔裤上整出些大小窟窿，其美感与母亲洗涤后洁净如新的劳动布工作服完全不在一个档次上。

新年前洗被罩充分地体现了母亲这方面的功夫。此时已经是数九寒天，清洗被单却偏要选在有大雾的清晨，因为这预示着有一个大晴天。清晨，先去工厂的篮球场旁的空地上拴上几根绳子，然后用一个大背篼背起全家用过的被单，端上一大盆提前熬好的皂角水往河边走去。先把被单放入冰冷的河水中浸湿，然后平铺在河中的大石板上浇上皂角水用猪鬃毛制作的刷子反复刷洗，直到看得见被单上布的纵横线路。冰凉的河水把母亲手上创口浸出血水混入皂角水中，洗刷着被单。刷洗干净后，再放入凉水中浸泡。接下来，母亲从家里拿出一口大饭锅，去工厂食堂里讨来米汤（用传统方法做米饭时，把锅中煮得半熟的大米捞出来，用筲箕过滤下来的汤水），把拧干的被单放进米汤里浆洗浸泡，然后拧干晾晒。傍晚时把晾干的被单收回家折叠整齐，放至年三十用针线缝在棉絮上。再铺好干净的床单，就辞旧迎新过年了。这样的被单不仅透着柔和的白净，隔断了四川温度爆表的潮气，还格外地粘贴在身体上，让暖和平添了许多温馨。米汤的清香从床上压在身上，再传递到房间的四周，反弹回来后，在米香的包裹中你从暖和的年夜偷笑着溜进了新的一年。

当我们自己开始洗衣服后，最常听到母亲说的两句话中一句是评价，一句是教导。前一句是“像从狗口里呕出来的（四川话把‘呕’读成‘悔’，疑为‘回吐’中‘回’的变音）”，或者说你洗过的衣服“鼻孔马嘴都看不清”（意思是没有干净，衣服表面是不洁净的。可能是某句四川话的误读），然后母亲自己用手在水里重新洗一遍。后一句是“留着力气去背沙”（意指人死后埋在土里如同背负着沙土，说干活不出力的人是要把力气留在身后用。中小学校曾经流传过“少时不用多睡，死后自会睡眠”大概就是从这句话衍生出来的），教育我们干活不要偷懒，要用尽自己的全部力量去完成自己的工作。母亲说这些话时还会附加一句：“世界上只有饿死的人，没有累死的人。”同样的一个意思，就是要出大力，干大活，在每一份工作中都竭尽你的全力。

还忘不了，母亲最后一次离开北京回四川时，把我们家的全部锅底都擦洗如新。

母亲的这些言传身教成了我们的安身立命之本，在每一件事情上我们都会全力以赴，竭尽全力，穷尽一切的可能性。以至于大学的同学曾经说，我做过的事情如果没有达成，其他人就不必再去尝试了。在学术上，母亲的话也可能产生了负面的影响，以至于我一直不接受“过劳死”这个概念。因为我母亲说过：“世界上没有累死的人。”

四十　时尚

爱美之心人皆有之。与《白毛女》中唱的一样：“人家闺女有花戴，爹爹钱少难买来。扯上二尺红头绳，与我喜儿扎起来。”母亲也尽其所能地让我们美起来。除了冬日里会给我们脸上抹点雪花膏，用毛巾替代围布系在我们脖子上外，就是母亲带着我们去后山镇的102钢铁厂裁缝店做衣服。

裁缝是古已有之的行当，在我们当地也有不少裁缝店。后山镇离我家有三十里地，通常是在母亲倒班或者换休时步行去再步行回来。为什么要如此折腾舍近求远呢？原因是后山镇102钢铁厂裁缝店里的裁缝是上海来的。在当时的中国，上海不仅是中国最繁华的大都市，还是中国工商业最发达的地方。上海的任何产品在当时都意味着先进、时尚、高级和优质。在我们那样的小山乡，能让上海的裁缝做一件衣服穿在身上，无异于今天挎着一只新款的LV包走在大街上。

后山镇和我们家一样与上海相隔遥远，为什么后山镇会有上海来的裁缝师傅呢？这要归功于当时的三线建设。上个世纪60年代，根据各地区战略位置的不同，国家把不同的省区划分为一、二、三线。四川属于三线地区，确定为国家战略后方基地建设地区。三线建设的内容是以国防工业和基础工业为主体，工厂选址贯彻"靠山、近水、分散"的六字方针。所以，具有重要战略意义的某特殊钢铁厂就从上海的近郊迁移到了四川的后山镇。工厂为了满足来自上海的工人和家属们的生活需求，就在厂区旁边开设了裁缝店，由随着工厂而来的上海工人和他们的家属经营。

那个时候买布是要凭票的，所以无论是在经济上还是在票证上要购买一块布料都不是一件小事，人们买到布料后做一件衣服也就相对慎重了。母亲有时是约上几个工友，有时是她自己带着我们一起去后山镇102厂的裁缝店，请来自上海的裁缝师傅给我们量体裁衣。裁缝师傅脖子上挂着一条布制的软尺，口袋里装着笔、小本子、划粉、别针等物件，将我们带去的布料铺在一张超大的案台上，用尺子在我们身上丈量着做衣服所需要的尺寸，再用划粉标记在布料上，并且根据我们所要制作的衣服或者裤子画出只有他们才能看得懂的图案。一个星期左右，我们就可以再到店铺去取回自己的新衣了。

穿着上海师傅制作的衣服可能会感觉良好，但我印象最深的却是裁缝师傅们吃田螺的画面，专业地说是上海人嘬螺蛳的画面。田螺在我们那里生长在稻田、河流、湖泊和水溪中。由于盛传吃田螺会得血吸虫病，所以在我们当地是没有人会吃这个东西的。而这个东西到了上海裁缝口中不仅是美味，而且单是吃相就非常的艺术。在裁缝店里烧熨斗的火炉旁边放着一盘田螺，裁缝师傅在丈量剪裁的间歇会吃上几颗，再用我们听不懂的吴侬软语说上几句。我一直都没有看清楚他们是怎样把田螺吃下去的，只看见他们把田螺碰在嘴边，轻巧随意地一“嘬”，就只剩下一个空田螺壳吐了出来。他们从盘里拿取田螺的手势，送到嘴边的默契，恰到好处地一嘬和清脆地一声“嘬”响，一只完好无损的田螺壳就从嘴边到手指再回到了空盘中。整个过程，如行云流水。我看到的不是他们吃田螺的过程，而是一套完整的行为艺术表演。

由此也就不难想象，他们做出来的衣服会是怎样的优雅。

四十一　腌制

冬至一过，母亲会开始为过年腌制腊肉，灌制香肠，烟熏猪头，风干排骨。香料、作料和辅料都是母亲自己配备的。食盐、花椒、白酒、辣椒必不可少，不同的比例和时间更有讲究。母亲用的是最原始也是最直接的方法——边配制边品尝，以直接的口感为额定的标准。这个方法好是好，只是厨师受不了，因为这些原料配料都是生的，而且味道都极具个性。要把这些东西喂进嘴里，没有良好的职业素养和浓厚的情感储备是难以为之的。

熏肉最是讲究。母亲从工地捡回废弃的砖头，在房前的地上堆成一个小圈，用几根粗木绑上一个支架后，再把要熏制的肉品挂在支架上。熏肉最要紧的是那升腾中的袅袅烟雾，必须发端于从山上当天砍下来的柏树枝叶，加上从木工车间扫来的锯木面（川语。木工锯木料时飞溅出来的粉末，通称“锯末”），在新鲜的柏树枝叶下面点燃火种，用厚厚的锯末压住明火，在似燃非燃的柏树青烟上熏制多时，让猪肉为自己涂上一层金黄，去除了肉中的水分以便人们存放。年三十这一天，家里会煮上一大锅腊肉，用筲箕装得高高的，家人和来客都可以在新年中吃上十天半个月，取其“年年都有肉吃”的寓意。

把这些配好的各种肉品各种肠肚挂在凉台上，又是对人性的一次挑战和考验。每天它们都会散发出这个世界上独一无二的混合型香气，直接触动你的嗅觉、味觉和视角，而且每天都是那样的直截了当，每天还都在向年关的挪移中与日俱增。在早年吃不上肉的时光里，我在香气和肉柱的双重诱惑下，每天想的都是让我咬一口吧，到过年时那一天基本就咬完了，也就等于天天都过年，一直都过年了。在后来吃不上肉的时光里，我在这些悬挂的肉柱下穿过，长串的香肠和大块的腊肉挑逗式地碰碰我的头，我每天想的却是我走的时候怎样把它们从母亲藏在纸箱的底层找出来，如何既不带走也不让母亲发飙。

母亲最拿手的是肚卷和膀卷，迄今为止还没有发现它们是母亲独创的相反证据。母亲把清洗干净的猪肚和猪膀（猪前肘）改刀切片，再分层撒放上调料，腌制两天后向一个方向卷起来，用缝衣服的细线密织缠绕，固定成型，然后听凭它自然风干。这些卷状形肚和膀煮熟后用剪刀把细线剪去，再用菜刀横着切，堆放在盘中的便是一圈又一圈，一卷又一卷线条分明的年轮，它记忆了你的过年，预示着你的新年。这些分别制作的各种腊味成排地挂在凉台时，交叉学科中“一加一大于二”的正协同效应显灵了，香肠、腊肉、腊猪肝、腊排骨、腊猪蹄、肚卷、膀卷一边显摆出自己的风韵，一边吸取着“他人”的情趣，每一个单独的个体都有了原本不属于自己的香腊与韵味。就像川人坛子里的泡菜，在红萝卜中你能吃出嫩黄瓜来，反之亦然。

说到泡菜，就说到母亲的家常了。早年四川人家的饭桌上都有两个共性，一个是每顿都有泡菜，另一个是每个菜都很咸。这两个共性源于一个共因——穷。这两个共性都导向一个共效——少。谁能多吃极咸的菜，何况还不是美味佳肴？世界上有比四川泡菜更便宜的菜吗？没有！因为四川泡菜简单地说就是盐水加蔬菜。四川人家家都有泡菜坛，坛坛都泡各种菜。四川人是无菜不可泡，凡泡皆必咸。在我的记忆中，除了豌豆尖没有在我家泡菜坛中捞出来过外，就没有什么不可以丢到坛里面去。甚至，我从中捞出过芋子。

与泡菜相关的是“剁辣椒”。这是在辣椒的收割季节，专选熟透的红辣椒来制作。这是一件苦差事，通常都由母亲独立操作。剁辣椒时，不仅一只手像机械手臂一样在大木盆（四川说“脚盆”，多用于婴儿洗澡或洗大件衣物，少见有人用来洗脚。）中不停地剁刀，另一只手还要不停地翻动，不断地添加盐巴、生姜、花椒、大蒜等各种作料。剁制中，光是辣椒的气味就熏得你睁不开眼，不时还会往你眼睛里飞溅几滴辣椒汁，使你除了机械地剁刀外什么都看不见了。还有那两只手，半小时后就被辣得除了麻木外没有其他感觉。即便是在结束这项工作后，剁过辣椒的手还会火烧火燎好些天。装入大坛中的剁好的辣椒，是我家半年以上必不可少的下饭菜。青辣椒在其他地方通常不会被剁，在我家却与红辣椒同命。与剁红辣椒不同的是，剁青辣椒要加入生玉米粉搅拌均匀，在外晾晒数日，然后再装坛存放。此后它的名字改成了“臜辣椒”（四川人说“臜辣子”）。虽然与红辣椒一样都是装坛，但吃的时候还是有所不同。臜辣椒是不直接食用的，要用热锅炒熟后食用。热炒后的臜辣椒味道独特，非亲尝不知其美。如果有钱，能够放上点肉末甚至肉片，那便是人间极品了。

有一年，剁着青辣椒，母亲像是自言自语，又像是对旁边的我低着头悠悠地说了一句："×××（长者）最爱吃腊辣椒。"

四十二　忆苦

如果你理解的“忆苦思甜”是指回忆旧社会被压迫被剥削的痛苦，想到新社会的幸福生活，那么恭喜你，因为你还年轻。如果是经历了那个特殊年代的人，一定也经历过具有特殊形式和内容的“忆苦思甜”运动。

通常，都以“生产队里开大会，诉苦把冤申”这首妇孺皆知的歌曲为开头，以苦大仇深的老人上台声泪俱下地控诉旧社会的苦难为主戏，以身为地主富农者低头弯腰站在台下接受批斗为配角。忆苦思甜的高潮部分是吃“忆苦饭”，王小波在《忆苦饭》中是这样描述的：“旧社会穷人过着牛马不如的生活，吃糠咽菜——菜不是蔬菜，而是野菜——所谓忆苦饭，就是旧社会穷人饭食的模仿品。”忆苦饭的选材没有统一的标准，有玉米面拌野菜揉成的圆球，有麦麸子和红薯藤熬煮的稀汤，也有用烂菜叶、南瓜花、萝卜缨、米糠搅和成一锅粥。我所在的学校熬的是一大锅不加盐及任何作料，只在清水中飘着几片叶子的野菜汤（野菜是老师带着学生在附近的山上或地里挖来的），装有一只超大的木桶里中。木桶放在操场中央，师生们排成两队一人一碗地喝。

母亲来自贫寒家庭，旧社会生活在水深火热中。她的大姐很小就饿死在家中，她本人未成年就去地主家做丫鬟，是“忆苦思甜”运动中“声泪俱下”的合格人选。但母亲平时都是埋着头赶路的人，不想去也不敢去运动中凑热闹。但身不由己，在班组长、车间主任的层层动员下，母亲不得不走上台去声泪俱下，用一些从高音喇叭灌入耳朵的用词加上自己的话语，指着低头弯腰站在台下戴着高帽子挂着破木板的地主控诉：“我们受地主的欺压，起早贪黑地为地主干活，还是过的是穷苦日子。共产党来了，我们才看到希望。黄死人（本名为‘黄世仁’，样板戏《白毛女》中的地主）地主老财欺压老百姓，想骑在人民头上作威作福永远办不到！”台下响起一阵热烈的掌声。母亲抹着泪水走下台，盛了两碗野菜汤，一碗给我们几个孩子一人一口，另一碗由她本人一口喝下。

意想不到的事情发生在第二天早上。母亲照常上班去了，几个孩子也都一早去了学校，家里只留下四妹一个人。突然，一声巨响差点儿把门连框都推在地上。赶巧了，昨天挨批斗的地主恰好也姓黄。黄家的两个女儿冲进家里，把四妹按倒在地，一顿拳脚后抽身而去。

晚上，回家后的母亲知道了，也没有再去找黄家要说法，而是对孩子们说："她们的父母是地主，我们要划清界限！但是她们家的小孩子不懂事，我们莫要跟她们一般见识，莫要跟她们打架。"后来，两家人的母亲许多年都互不搭理，倒是两家的女儿成了十分要好的闺蜜。

四十三　独处

中国人的俗语中有“关上门过自家的日子”一说，意思是自己过自己家的日子，少管闲事，“各人自扫门前雪，休管他人瓦上霜。”这句能够流传几千年，还编进了《增广贤文》的名言警句中自然有它的道理，但实际上这些都背离了人的社会性。正如亚里士多德所言：“人天生是社会动物。”人人都有强烈的社会交流需要，都需要从社会交往中认知自己的存在与位置。但我们家的实存状况，是生生地割裂了我们与社会的正常交流。因为作为一个“风要往你屋里刮，雨要在你头上下”的家庭，关起门来过自己的日子既是最安全也是最无奈的选择。“没有消息就是最好的消息”用在我们家就是“没有来人便是最好的来人。”

这也在一定程度上证明了马斯洛的需求层次理论。就我们家而言，当时首先面临的是如何满足低层次的需要，即生理的需要（食物和衣服）和安全的需要（受到保护和免除焦虑与恐惧），因为这些东西直接关系每个家庭成员的个体生存。如果这一层次的需要得不到满足就会直接危及个体的生命和生存。其次就会有社会需要（友情和友谊），在社会中与他人交往，得到他人的尊重也同样尊重他人。这种高层次需要虽然不是维持个体生存所绝对必需的，但却是个体生存能够正常、丰满、健康和走向成功所不可或缺的。即便在一个人的成长过程中满足了他作为个体最低层次的需要，但其最高层次的需要长期空缺或者短缺，同样会给他带来不可弥补的损失和缺陷，制约或者影响其一生的生存、发展，尤其是幸福生活。

我们就生长在一个长期挣扎于生理需要得不到满足，无暇顾及社会需要的家庭。如同在夹缝中求生存的人，怎么去阅读窄壁的岩石。母亲经常对我们说的一句话是"只少钱用，不少话说。"（这句话如此精炼，显然不是母亲的原创）母亲的这一教导在当时非常具有实用价值，因为不是你不想去进行社会性交往，而是你不能去进行社会性交往。上学时，同学会说你缺爹少娘。放学后，孩子们会欺负你无人撑腰。开家长会时，你不是缺爹就是少娘。集体活动时，到场陪同的也始终二者缺一。这种状况，会给孩子的心理造成极大的负面影响，会迫使孩子走向自我封闭，会割裂孩子除家人外与其他人的正常交流，减损孩子从同龄人和其他人身上获取成长养分的重要源泉。

配套母亲“只少钱用，不少话说”的还有日常的活动与话语。当有露天电影时，母亲会说：“自己的电影都没有人看，还看别人的电影？”当有体育活动时，母亲会说：“饭都吃不饱还打什么球？”当有笑话时，母亲会说：“一箱子衣服不晓得洗哪一件？”（箱子里放的都是干净的衣服。意思是没有什么值得高兴的。）有时还会加上一句：“狗狂要挨打，人狂没好事。”当说起别人家的孩子时，母亲会说：“你不是有妈没爹，就是有爹没妈，怎么能和他们比？”

强烈的压抑，长期的封闭，孤独的养成，社交的缺失既现实地给了我们当时的安全，使我们长大成人；也留给了我们一生的缺憾，使我们成人后融入社会困难，受困于与他人的社会交往。

四十四　踢门

当可以随意欺负他人只享受到快感而不承担后果时，便会有人食髓知味、趋之若鹜。久之，还会成为一种习惯。如同国人遇事首先找关系一样，他人遇事首先是踢开我家的门。

中午放学，我们正在家里吃饭，门被一脚踢开了。一位名声在外撒泼有术的大妈拉着她的女儿冲进了家里。大妈指着我妈的鼻子一声断喝："×××（我母亲），你今天要给我说清楚，你和你女儿要给我女儿赔礼道歉！"我们完全不明就里，在站起来的母亲身后惊恐着。在大妈连珠炮式的连说带骂中，母亲不停地点头称是、赔礼道歉，伸手就向二妹打去。

我在大妈的狂轰滥炸中尽力地想捋出个头绪，最后总算是听明白了。原来是上午第二节课下课时，她女儿、我二妹和另一个女生去旁边班上叫教室里的一个女生出来跳橡皮筋。但当她们推开那个教室门时，那个班的老师还没有讲完课。老师生气地冲到教室门口，要拿三人是问。我二妹和另一女生见势不妙，撒脚就跑。大妈的女儿慢了半拍，被老师一把抓住，拖进办公室挨了一顿批评。被批评的女儿回到家中，向大妈诉说了自己的不幸与委屈。大妈一听就炸了，却又奈何不得另一位女生，好在有我们家这样一个现成的软柿子，于是就踢开了我家的门。

捋出个头绪后，我感到大妈和她女儿都有气要出，但到这里出气却于理不通。大妈心绪难平的不是这件事本身，而是我二妹的跑，跑的是我二妹。于是，我走上去挡在我母亲前面，跟大妈讲起了道理。我对大妈说，她们这几个女生可能都有错误，都应当受到老师的批评。其中有两个女生错上加错地跑掉了，应当是老师对她们进行更加严厉的批评。但是，这与你女儿无关，尤其与你女儿被老师批评无关。我妹妹跑了你女儿受到了老师的批评，我妹妹不跑你女儿也要受到老师的批评，只不过是和我妹妹一起受到老师的批评。你和你女儿觉得在这件事情上有啥子难受和委屈，你们也应该去找那个批评你女儿的老师，而不是跑到这里来找我妈和我妹妹！因为既不是我妹妹闯祸后老师误批了你女儿，也不是我妹妹嫁祸给你女儿让她挨了老师的批评。

大妈素来横蛮，却没有对付过如此复杂的事态，更没有对这些问题进行分析的习惯和可能。大妈一时竟无言以对，站在原地半晌说不出话来。呆呆地迟疑一阵子后，转身拉着自己的女儿飞快地从我家离去。

一桩小事如午饭时的一碟泡菜点缀在饭桌上。然而母亲却大为感慨：你哥说得太对了，我先还打算挨顿骂后就给她们赔不是。你哥哥讲的道理把她们说回去了！母亲的感慨是有道理的，也是极具象征意义的。这件看似偶然的事儿确实是一个标志性事件，是我家从逆来顺受走向以理服人的开端。换句话说，以前踢开我家的门是不需要理由的，现在需要了。以前只有我母亲在他们面前赔不是，现在儿女们可能会挡在母亲前面了。

四十五　择婿

母亲看到女儿们渐渐长大，个个亭亭玉立，落落大方很是欣慰。加之吃苦耐劳，忍辱负重，很是不少男孩和他们家长的君子好逑。于是，相当一段时间里，我们家在母亲掌控下附置为选秀场所。“开坏一门亲，害了三代人。”是母亲一生的注脚。因此，逐个把握好女婿的人选是母亲在相当长时期内的头等大事。“龙王生九子，九子不一样”也是母亲说出来的。结合上一句“开坏一门亲，害了三代人”就能基本掌握女儿们的心思和母亲的盘算。

如果龙王有九女，九女也会不一样。这不仅反映在外貌和气质，个性和特长上，还体现在个人的喜好上，尤其是对于自己的未来，自己未来的另一半。此时，“害了三代人”的魔法显灵了：女儿们都把“为人老实，对我妈好”作为找对象的第一标准，尤其是在后四个字“对我妈好”上，是标准中的标准，头条中的头条。甚至，直言不讳地向对象提出灵魂之问：“你今后能不能背我妈？”这种标准，不能不说这便是上一代人婚姻给子女留下的一个副产品，而且并不是一个值得夸耀的副产品，尤其不宜把它作为找对象的前提、谈恋爱的标准。令人欣慰的是，女婿们后来都兑现了自己的承诺，都在需要的时候背着母亲上楼下楼、寻医访药，郊游远足。

作为总设计师和操盘手，母亲在几个女儿找对象谈恋爱上面下的功夫一点儿都不比带着我们成长时少。加之婚姻给自己带来的致命伤害，标准也是从严从紧，宁要老实人，不选机灵货。

姐姐是母亲的骄傲，既遗传了母亲的大智若愚，又不失大家风范。姐姐也很独立又独具慧眼，在自由恋爱相中的对象是那个年代并不看好的“臭老九”（“知识分子”的简称，源于样板戏《智取威虎山》中土匪首领坐山雕的台词“老九不能走！”），后续行情却一路飙升的大学毕业生。但在母亲那里，加诸在姐姐身上的任务却格外地多了一项——通过家庭的首场婚姻帮助全家的弟弟妹妹们找到生活的出路。这件事如果顺其自然也许并不过分，但是作为一项前提和任务就不太合适了。为此，母亲与姐姐之间少不了过招，但最后还都是姐姐胜出。

二妹漂亮水灵，性格外向。家里的状况让她过早地分担了重任，扮演着本不属于她的角色。她不仅跟我一起扛过水泥（我永远清楚地记得第一包水泥放在她肩上时直接把她压倒在地后的痛哭，那时她还是一个不到十四岁的少女），还帮我在学校跟男生打架，还在如厕时把与他人议论母亲的长舌妇打得求饶。在找对象时，也是敢爱敢恨，敢交敢断。最后，在母亲的撮合下，结识了在我家附近为部队看守煤炭的一位军人。交往中，母亲虽然在捡拾煤炭中可能得到过一些关照，但最后还是判定为不合适。然而，此时已是覆水难收了。尽管母亲采用过禁足、盯梢甚至跟踪，最终也没有能阻止事态往她不愿意看到的方向发展。最后，二妹竟然跟着这位兵哥哥私奔了！此时的母亲像丢了魂儿一样，满河满山地找寻。我陪着母亲去河滩去山沟，去工厂烟囱的隧道，去连接河岔的涵洞。一周后，从当兵的湖南老家来了一封电报“我已结婚”。原来是当兵的复员回到农村，带走了二妹一起回乡当起了农民。

既然说到了二妹，就多说几句吧，虽然可能跑题了。二妹是跟我一样是几姊妹中吃苦最多的。而我，毕竟是男性。二妹以女性之身体，以比我还小的年龄，做与我同样的活计。扛过水泥，上过矿山，河水里捞过石头，深山里砍过柴火（现在想来都心痛）。与我不同的是，二妹还是家里挨打挨骂最多的。一次被打得跑路后，我和一位工人师傅在二十里外的另一个镇上把她找了回来。在往回走的路上，这位师傅忘不了身为长辈的教育之责，批评我妹妹不应该（写不下去了，请允许先我歇一会儿）……不应该惹你母亲生气，更不应该离家出走。二妹当时边走路边回答的话我今天仍记忆犹新："我只是想出去找个工作，给家里挣点钱，今后让我妈过上好日子。"这段话，是在那样经历后和这样的归程中从一个女儿口中自然而然说出来的。天底下还有谁人怀疑"母女情深"吗？二妹的命不好，车祸早逝。母亲知道后泣不成声，痛苦异常："这苦命的人，就这么走了，我好难得带哟！"在最后团聚的那个春节，二妹伴着电视唱的歌是"常回家看看"。二妹走了，但是在母亲那里她却一直都在。白发人送黑发人的悲痛折磨了母亲大半生。母亲对谁都还是说我有四个女儿：聊天时，会谈及二妹的工作和家庭。吃饭时，会指着哪个菜是二妹爱吃的。购物时，会拿着二妹最喜欢的衣物……在这里我知道了，任何子女在任何母亲的心中和眼中都永远是自己一个都不能少的子女，无论是自己将要出生的子女，还是根本就未能出生的子女，是就在自己身边的子女，还是远在天边的子女，还有那些已经永远离去的子女。

回到正题。三妹和四妹的恋爱也都经历过百里挑一。当有人问起女儿的年龄时，母亲从来都说是十八岁，这个“十八岁”延续了好几年，最后也永远没有超过二十岁。三妹在母亲身边当工人，上门提亲者络绎不绝，都先在母亲那里过一道筛选。在母亲亲自接触和亲自交谈后，再与大小妹见面。有时候母亲调配不当，甚至出现家里一室一厅的屋子里厅等着一个，卧室谈着一个，阳台坐着一个。经过母亲的严格把控，最后敲定了母亲的世交之子，一个教师世家的中学老师。这个女婿不仅回答了三妹的灵魂之问，而且落实到了行动中——背着母亲上公园游玩，到医院看病。

四妹的个人问题是母亲头疼的事儿。刚从学校毕业工作时，母亲经常写信敲打她不要谈恋爱，要努力工作，要奋斗：“你哥哥二十好几的人都没有找对象，不要虚度青春年华……”过了几年说亲的人少了，母亲又十分着急，坐火车到女儿工作的单位，把家里珍藏多年的陶瓷厂生产的精品茶具送给当年给她看病的沙主任（时任的沙院长），把自己下班后去捡的两筐上等二炭送给医院科室的医生，千嘱万托给女儿介绍对象。在女儿确定对象后，第一时间就让女儿把对象带给她把关，第一次见面就表明今后自己的养老要依靠他，并且不厌其烦地介绍女儿喜欢吃什么，喜欢做什么，不喜欢吃什么和做什么。意思是把女儿托付给你了，你要好好地待她！这位当时的对象后来的女婿的回答很令母亲满意，这位女婿也实践了自己的承诺，尤其是在母亲的晚年尽心照顾，日夜护理，一直陪伴到母亲最后的时光。

母亲与女儿们

四十六　陪考

参加高考对于我来说，实在是高攀了。一边借着车间王师傅女儿的课本夜抄日还，一边参加工人夜校旁听数学。历史、地理抄即是学，而且更易背下。数学则难，要不人们怎么说："谁都会欺骗你，但数学不会，因为数学不会就是不会。"临考前，我用加班积攒下来的补休再加上一年一次的探亲假，坐火车从利州回到涪城的家里复习备考或者准确地说是学习备考。

家里在生活上是无微不至的，但在学习上却负负得不了正。逼仄的房间里实在挪不出放下一张书桌的地方。母亲见状，想起了大山里面的养猪场。原来碗厂在十里外的山上有一座小矿山，开采枯竭后的空房用来养猪，以改善山下职工的生活。后来，猪场也搬下山来，只留有一个老工人在那里看守空房。老工人姓宋，是个有名有姓的好人。但工厂的工人有自己的幽默，幽默得既简单又直接，他们称呼宋师傅为“宋猪儿”。宋师傅也不持异议。久之，人们竟忘了他的本名“宋海习”。

联系好宋师傅后，母亲从家里拿出大米和面条，一大罐菜油，一小筐鸡蛋，又去屠宰场买了一块猪肉，装在一个大背篼里，上面用各种蔬菜装满。在空隙外还插有一瓶当地产的烧酒，是专送宋师傅的。我带上我的书、笔和纸，母亲背着背篼送我上了山。在给宋师傅留下一笔开支和酬劳后，母亲自己回去了。

山上真是学习的好地方。要不庙宇都建在山顶，和尚都成了大师呢！宋师傅少言寡语，除每天做好饭叫我吃饭外，我们基本上没有交集。这个猪场我也不陌生，因为当木匠时来这里拆过房子（详见《母亲在，家在》“拆房”）。四周有绿水青山，门前是小河潺潺。这对于一个近似于孤独求胜的备考者而言，真就是“人生如此，夫复何求”了。

欢乐总是短暂的。因为要坐火车回到工厂所在地参加高考，我提前一周告别了宋师傅，走路下山。途中，一只野鸡或者受到了惊吓，或者发现了配偶，在高声鸣叫中腾空飞过。我多么希望我的高考也能像它那样一飞冲天啊!

回到家中,母亲让妹妹去女工宿舍借宿,给我硬挤出一点儿空间。每天的生活没得说,因为身体很诚实,体重很上涨。麻烦的是,母亲见缝插针地“骚扰”。我已经严正声明学习时间谢绝干扰,书桌之上严禁异物,母亲还是瞄准我上厕所的间隙,站起来走几步时的瞬间,蹑手蹑脚地摸了进去,在桌面放上一个鸡蛋、续上一杯开水、摆上一个水果,搁上几片饼干。母亲有时来不及撤退,低垂的目光像是做错了事的孩子,连脸上也泛着红。当然,这并不会影响她的下一次行动。

备战高考, 1979 **年**

高考当日,我早上从食堂买了馒头,带到考场当做午餐，挤站在工厂为子弟们参加高考提供的解放牌大卡车里，进了五里外县城里的考场。三天考完，继续上班。出乎意料，考分竟然过了录取线，可以填写志愿和参加体检了！大概是体检略有瑕疵，总检医生最后在体检表的“总检意见”栏写了几个字。最后，我没有接到学校的录取通知书。

完事以后，我告诉了住在工厂附近的长者我去参加了高考这件事，顺便谈及了总检医生的最后异常。长者一打听，那位总检医生是他的老部下，并且抱歉地说他写的是“右侧面部神经瘫痪”。第二年，长者到体检现场坐镇一天，直到体检结束未见异常才离开。

当年，母亲得知我正在录取中，便和二妹坐上去了行政公署所在地的录取现场。她们在录取现场外看到了进进出出的录取老师，但也只能止步于刘姥姥牵着板儿没有见到周瑞家之前。后来听一位参加过那年那地录取工作的老师说，他晚上出来散步时遇到过一些家长，还记下了其中一位大娘儿子的名字。第二天，他找到了这位考生的材料并且录取了他。我相信他说的是真的，也确信他遇到的大娘不是我母亲。因为他说中了开头，却没有说着这结局。

那一年是 1978 年。

四十七　电报

1979 年，我再一次坐上厂里的解放牌大卡车，再一次进县城参加高考。上一次的高考结果告诉我这并不是高不可攀的，这次的高考应该有一些进步了。考完后，给母亲写了一封信，为了“注意留有余地”，比较低调地说已经考完了，有可能但无把握。尽管都知道谦虚使人进步，但不知道谦虚还会使人恐慌。这封本是报平安的信，在母亲那里读出了另外的意思。

早晨刚上班，厂部收发室打电话到车间，通知我有一封挂号信让去领取。车间办公室接电话后告诉了我，还说是信封上有大学字样的挂号信。我推测应当是大学的录取通知书来了，立即从车间门口抄小路冲下山去，直奔一里开外的厂部收发室。到了收发室，看到印有我第一志愿大学的挂号信，拆开后正是大学录取通知书。心中顿时“翻身农奴把歌唱”，谢天谢地谢自己。在往回走的路上，一会儿拿出来看一下，确认是真的后又放进口袋里。走一会儿又拿出来看一下，确认后再放进口袋里。然后回到了车间。刚到机床旁边站定，一封加急电报专人送达：“母病重速归”五个字刺进眼里，直刺心里。我一声大哭，惊动车间。在我的师傅帮我向车间主任请假后，我边哭边跑出车间。旁观者议论纷纷：“刚从收发室回来，今年又没有考上。”

从利州到我家的慢车下午才有，到家已是晚上。但到我家前面一个大站的特快列车上午就有，中午可以到达这个大站，然后需要步行 12 里地，下午可以回到家中。我心急如焚，不可能等晚上才到家的慢车了，就直奔利州火车站，买票上了那趟特快列车。在列车行进的几个小时里，我一直沉浸在悲痛和急切中。中午下车后，就马不停蹄地往家里赶。步行到 8 里地时，看到一辆去我家旁边煤场拉煤的军车，给司机说明情况后，他让我坐上了他的汽车。中午一点，汽车到达煤场。下了汽车，我就三步并成两步往家里跑。

推门进去，还没来得及哭出声来，就看见母亲安然无恙，正在如同往常一样忙碌着家务。看到我手中的电报，母亲连忙解释是她让妹妹去邮局发的，因为听说要发录取通知书了，怕我没有考上一时想不开。这真是悲喜交加：喜的是母亲身体正常，路上设想的种种不测烟消云散；悲的是我本已考上了不会想不开，却在极度痛苦中煎熬了一天。母亲说，你信中说的话让人担心。我说让你回来，考不上就算了，哪门（四川话，“怎么”）都是活人。莫要想不开。我告诉母亲考上了，早上刚接到录取通知书，还没有来得及告诉你们。

接着拿出了从车间直接带回来的录取通知书给大家看。母亲难得开心笑了，连说：“阿弥陀佛，儿子你太不容易了！”说完，母亲自己哭了起来。

四十八　钉扣

上大学的每个假期回到家里，母亲总认为我在外面从来没有吃饱过，从来没有穿暖过。因此，尽可能地煮出各种的饭菜，尽可能地添置各种衣物。最突出的表现是，在我临走前把衣服上的每一颗扣子都要重新钉一遍，无论是新衣服上的扣子，还是旧衣服上的扣子。而且，母亲还不是在一般意义上钉扣子，而是把每颗扣子都钉得针再也插不进扣眼为止。所以，我每件衣服的每颗扣眼上的针线都比其他任何人扣眼上的针线突出，也保证了我衣服上的扣子在大学里整整一个学期都不会掉下来。我后来得知母亲的手指是不能弯曲也不能伸直，长期地肿胀和疼痛的，真想象不出来母亲是怎样把针插入扣眼，又怎样在每个扣眼上堆积起小山式的针线的。

永远忘不了的是母亲用极细的线穿过极小的针鼻眼。或者在家里的灯下，母亲尽可能地把线和针贴近灯泡，睁大眼睛用两只手在电灯的附近反复穿试，一次次试错，一次次找准，直到终于穿进针眼。或者在门口的院坝里，对着太阳的日光，双手举着，好似要贴近太阳。在刺眼的阳光和半睁半闭的双眼之间，一次次试错，一次次找准，直到终于穿进针眼。这些画面一遍遍、一幅幅，清晰地定格在我的眼中，我的心中。当时、现在、永远。

假期回家的头一件事还是吃。在母亲的心里，我在外面是没有饭菜吃的。于是，她要我在假期里把已经过去的这个学期的没有吃的饭菜吃回来，把下个学期吃不上的饭菜提前吃进去。因此，饭菜是每天换着花样的做，饭量是每天随着时间地涨。就连母亲给我盛的饭，都是她用匀子压了又压才端上来的。随着时间推移而增加明显的体重，每个假期都毫无例外地会增长许多。于是，我们就给母亲灌输减肥的作用和价值。然而，这是母亲最不愿意接受的。在她眼里，仍然是经过饥饿时期人的心态，有东西吃，尽量地吃才是正道。“长得又白又胖”既是她们那一代人的梦想，也是母亲眼中最理想的身体状态。

还有另外斗智斗勇的事，就是每天睡觉前要把脱下来的衣服藏起来，我通常是放在自己睡觉的枕头底下，尽管压得皱皱巴巴，也远比第二天早上起床找不到衣服好。因为母亲每天晚上等我们睡下后，都会把脱下来的衣服拿去用手在水里搓洗，无论这些衣服是当天刚穿的还是此前穿着的。最尴尬的是临走前出现这种状况，因为洗过的衣服在当地潮湿的气候中是需要许多时间才能晾干的。为此，我还对着母亲发过几次脾气，然而并没有任何效果。

现在，这个世界上再也没有人夜里来搜罗我脱下来的衣服了，我也不用再把这些衣服藏在枕头下面了，我衣服上的扣眼再也不堆积密密的针线了，也再没有人在我碗中堆满饭菜了。

仰望苍穹，泪如雨下。

四十九　藏钱

母亲怎么会藏钱呢？她的每一分钱不都是用在孩子身上吗？再说了，她有钱可藏吗？

此藏钱非彼藏钱也。此处母亲的藏钱，说的是母亲在儿子假期结束去大学前，把钱藏在儿子的行李里，待儿子在火车上或者到学校后再告诉他赶快把钱拿出来，以免丢失。

我上大学后属于贫困学生，每月都有全额助学金18.5元。在学校食堂吃饭，这个钱是足够了。节约一点，就可以去解放碑书店买书了。所以，我是尽量不再用家里的钱。所以，每次去上学前都会跟母亲为钱发生不愉快。吵得多了，大家都累了，母亲也不再坚持给我钱了，改在我的行李中藏钱，或者裹进衣服里，或者塞进鞋袜中。或者包上一层塑料布卷入腌菜中，或者夹放在我的某一本书中。

慢慢地，我也摸到些套路，偶尔还会在上车前找出来，直接还给母亲，或者让送我的妹妹带回去还给母亲。但更多的时候，上车前的例行检查均不奏效，只有到了学校才得知母亲藏钱的确切地点，然后找出来放于妥贴之处。

这种斗智斗勇的游戏当时于我是没有幸福感的，反倒有找不出来藏钱所在的挫败感。这种时候让我常常想起样板戏《红灯记》中鸠山队长说的话："一个地下党藏的东西，是一万个人也找不到的。"母亲离共产党员的差距是明显的，但是她藏钱的心态和技能却是符合标准的。

按照现在的标准，母亲给我藏的钱在金额上几乎可以忽略不计。我留有一个未曾拆开使用的钱卷。一块旧红布用一根从旧裤上拆下来的松紧带捆了多圈，里面从一毛到一块不等，最大面值是一张五元的。我知道，这些钱是母亲下班后去扫煤炭、扛水泥、装卸车和背河沙积攒下来的。母亲不会用这些钱去买一分钱一杯的凉水喝，只会把它们用绳子捆起来，悄悄地藏在我的行李中。

五十　陪山

我失恋了。不同于常态性失恋，我是被失恋，而且失的是一场历经数年之恋，失去的是我的初恋，失去的是全家人都相见甚欢赞不绝口的恋人之恋。痛苦可想而知。

回到家中，母亲没有多问，也没有说什么。几天后，母亲要陪我去爬峨眉山。母亲出生在山区，我家就住在山上。如果不是因我失恋之痛，母亲是不会想着去爬山的，尤其是离我家有几百里地的峨眉山。

先坐火车，再坐汽车，来到了峨眉山脚下。当夜，在一个小饭店住下。我倒床便睡了，因为第二天凌晨就要坐汽车到山上。母亲忙着准备路上要吃的东西，不知道什么时候才睡下。半夜里，我在人们的嘈杂声中起床，母亲已经在公共汽车上占好了座位。经过大约 4 小时的车程，我们在黎明前到达雷洞坪。先前听人说峨眉山从下到上是一年四季，现在真正感受到了。尽管当时是夏季，这里却是夹杂着小雪的细雨。身着单衣的游客都忙着租军大衣，准备步行爬到金顶。母亲一听说租大衣要 5 毛钱，忙说自己脚疼，爬不上金顶，就在雷洞坪等我。母亲的脾气我是知道的，所以也就没再说话，一个人租了一件军大衣往金顶爬去。等我从金顶跑下来时，大半个上午过去了。母亲拿出昨晚准备的干粮和水壶，我们一起算是吃过午饭了。

该下山了。为了省钱，也可能是为了看风景，我们选择了从后山步行下山。当地人告诉我们大约有 60 里山路，中途可以住店。建议我们到洗象池住上一晚，第二天再往山下走。听罢，我和母亲走上了崎岖的山路。到洗象池歇了一会儿，母亲完全没有住下来的意思，我也只好跟着她继续下山。到九十九道拐时，我实在走不动了。坡陡路险，弯弯相连，永远看不到尽头。抬滑竿的师傅看出了我们母子的窘态，追着我们坐他们的滑竿不下五里地。我也一个劲地劝说母亲坐一段路的滑竿，母亲说了句：“老子抬他们还差不多。”就不再理我了。此时的山间，有了一个奇异的画面：母亲快步地在前面走，滑竿师傅紧紧地跟在她后面，我在滑竿师傅的后面小跑着。这一山景延续了几里地后，滑竿师傅终于觉出了今天的失算，放弃我们另寻他人去了。

就这样，我们在夜里走下了山，找到一个小旅店。母亲吃了剩下的干粮，又去饭店给我买回一碗臊子面。我浑身散架地倒在床上，两只腿早已不在自己身上。

第二天，坐火车回到家中，母亲接着就去上中班了。

五十一　护短

“护短”或者说“护犊子”是每一个中国家长的共性，至少是每一位中国母亲的共性。在一个父母同在的家庭中，两位家长之间会形成一个潜规则，即所谓的“严父慈母”；在一个或父或母的单亲家庭中，这个规则就不好使了，因为这位单亲家长必须同时兼而为之，在同一时空中或者在时空转换中一角两饰。在家里，母亲是威严的，管教起子女来从不嘴短手软。在外面，母亲是威猛的，容不得他人对女子的半点否定。我们小的时候是这样，我们长大成人后母亲还是这样。

工作后我从北京回家过节。作为“部里来的”少不了有当地领导接风。酒酣耳热中，一位小时候的同学亲上加亲地说了句“我们还一起偷过鸭子呢！”这本是酒桌上的助兴，我在众人的狂笑起哄中罚酒三杯。然而母亲不高兴了！好在场面上还算忍得住，只在脸上没在嘴上表达出来。回到家中母亲就立即宣布：今后莫再跟这个人打交道。他龟儿子血口喷人（运动常有语，母亲因而学得并常用），一看就是个贼娃子。“老子的儿子哪里会偷鸭子？”

其实，这位同学说的是实话，是一件与闰土当年在大雪天捕鸟类似的事。傍晚从矿山回家的路上，一群鸭子像平日一样在河中觅食游嬉。小同伴中有人捡起一块小石头随手向鸭群飞去，不幸击中一只鸭子的头部。只见一群鸭子惊恐地在水面上四散飞逃，留下这只受伤的鸭子把头埋在水中在水面转圈。不一会儿便没有了动静，没有了生命迹象的鸭子被河水冲到了岸边。大家在惊慌中把鸭子捞了起来，趁着夜色逃离了作案现场。剩下的问题是如何处理这只鸭子？各种方案都不可行后，大家分工合作。扒鸭毛、找柴火、烤全鸭，然后分而食之。

这是一件少年时期带有恶作剧性质的劣行，是不更世事的孩童们既成事实的污点。但于母亲，是不会去分辩事情真伪的，是压根儿就不会接受这个事实的。即便已经是多年以前的旧事，即便现在旧事重提只是为了喝酒助兴，也是不被容许的。母亲容不得他人说出自己儿子的半点短处，母亲为儿子“护短匿愚”是完全无条件的。要不说母亲都是“智子疑邻”，孩子都是自家的好？

回想起来，母亲对孩子的这种“双标”教育模式，在我们家具有特殊的教育功效。一方面，在家里常态性地否定你，让你压力山大，像一头蒙着眼罩的毛驴，只能在磨边不停地转圈。另一方面，在外面无条件地肯定你，让你自信满满，直着腰杆地成长。在家里，让你受够委屈；在外面，不让你受半点委屈。最后，两种不同的委屈和不委屈混合在一起，共生出你的压力和动力。在压力和动力并存中，我们竟然奇异地长大成人了。

五十二　屏障

曹松曾说，“一将功成万骨枯”这句话用在中国农村家庭是最合适的。他的意思不是农村家庭出将军，而是指在农村家庭中有读书人时，全家人都只能不吃不喝来保障这个读书人的。当然，他说的是在万恶的旧社会。在新社会，一个农村孩子读书也是以家里人卖蛋卖菜的钱来缴学费，以家里人节衣缩食的钱做生活费的。母亲对我读书的保障更进了一层。她为我建构了一个封闭的屏障，保证我在一个无忧无虑无烦恼，无人无事无干扰的环境中一心只读教科书，两耳不闻家中事。这样的环境类似于一个学习的真空天体，母亲把我置身其中，除了学习再无其他，终于让我完成了学业。

首先是内部阻断。在我读书期间，母亲要求家里的每一个人都不得把家里不顺心的事告诉我。无论是家庭内部的冲突，还是家庭外部的挑衅。家中一切不好的事，全部都不让我知道。她把国人出门在外对家人只报喜不报忧的传统反其道而用之，让在家里的人对出门在外的人只报喜不报忧。由此，家里的任何事件的突发，任何身体的病变，任何困难的出现，任何事态的麻烦对我都是全封闭的。只有我回家时问起才会知道，此时早已事过境迁。更多的时候和更多的事情是我完全不知道的。在外读书多年，以为家里一切平安，其实怎么可能？只是家里为了保障我读书平安，对我隐瞒了一切不安。我在平安中平安地读着自己的书，家里人在不平安中把各种不平安都掩饰为平安。

其次是外部隔离。在我读书期间，母亲明令禁止姐妹们把我的联系方式告诉任何人。无论是通信地址，还是电话号码。无论是当年的新贵，还是旧时的老友，也无论是远亲或者是近邻。一句话，除姐妹们本人外，不得向其他任何人透露。因此许多年来，几乎没有其他人有其他事来找过我，因为他们有事没事都找不到我。

母亲这样做是有她的理由的：你哥哥本来底子就薄，现在的功课又贵（不是指金钱，而是指学习。母亲是用价格的“贵”来突出功课的“难”）。我们帮不了你哥，但是不能再打扰他。

马尔克斯在《百年孤独》中说当父母健在的时候，你和死亡之间有一层垫子；当父母离开时，你就直接坐在了死亡上面。这话说对了一半。另外一半是：当母亲健在的时候，她为我建立了一道屏障，隔绝了许多烦恼和忧虑；当母亲离开后，我就没有了这道屏障，要直接承受许多烦恼和忧伤。我的母亲，不仅用自己的全副身心为我遮风挡雨，还率领全体家人一起为我筑起了坚固的长城，让我在密不透风的保护中安全安静地学习和生活。失去母亲后，我常常六神无主，常常想要是母亲在多好啊！我常常问自己：如果母亲在她会让我这样做吗？她会教我怎样做呢？

五十三　重病

积劳成疾是每一个肉体之身的人都逃避不掉的。母亲也不是铁打之身，而且像个陀螺般地起早贪黑艰难地维系着一家人的生计。长年从事有毒有害工种，却从来没有使用过这个工种为女职工提供特定的劳动保护，大多数时候也没有使用过国家为有毒有害作业发放的劳动保护用品。即便是在女性生理期也没有停止过在冷水里搅拌石膏粉，没有停止过咬着牙抱着几近体重的大铁桶进行模型浇注。甚至，母亲在生理期一直用的是从旧衣服上拆下来的布条，从来都舍不得去买市价为9分钱一包的卫生纸。

3年、5年、8年、10年、12年，母亲终于倒下了。母亲患上了严重的妇科病——“血崩症”，并由此导致严重贫血。被人抬到县医院后，医生确诊为子宫肌瘤，立即下了手术通知书。在通过手术前的各种检查后，医院订下了母亲做手术的时间，并且确定了由县医院的妇产科主任沙大夫亲自主刀。沙大夫按照规定给躺在病床上的母亲讲解了手术的风险，包括手术中的风险和手术后的风险。当母亲听到手术后不能再干重活时，母亲不淡定了。母亲能忍受疾病的折磨，能承受手术中的痛苦，但是她不能接受手术后不能干重活的后果，尤其不能接受不能再从事有毒有害工种，不能再抱起几近体重的大铁桶来回跑动的后果，因为这是全家人的生活指望，是全家人生活不可或缺的。

手术前一天的晚上，母亲请人打电话叫来了她的小弟弟，也就是我们的小舅舅。小舅舅是文化人，清楚地知道不做手术对母亲的伤害有多严重。但是在母亲的哭诉中，在对母亲手术后一家人生活困顿的忧虑中，他的理性屈从了现实。舅舅连夜找到沙主任，泪眼婆娑地述说了母亲的异常艰难。沙主任医者仁心，却也不得不含着泪违心地同意了中止手术，但要求母亲必须立即转入上级医院进行治疗。舅舅第二天早上离开后，母亲自己办完县医院的转院手术，收拾好用具和棉被，背在背上买了去成都的火车票。在华西医院的挂号大厅里，母亲打开自己的棉被，蜷缩在里面两天两夜后，终于挂上了一张号。华西医院的大夫对县医院没有给这样一个患者立即做手术深感不解与愤怒，要求母亲立即回去做手术或者住下来尽快手术。母亲只好把在县医院时经弟弟告知沙大夫的家庭状况由其本人再给华西的大夫哭述一遍。“娃儿们需要我做一个全劳力，除了做手术啥子我都可以！”华西的医生听完后痛苦地摇着头，无可奈何地放弃了手术，对母亲开具了有悖专业与常规的保守治疗方案，当天收入华西医院住院治疗。

住院期间，华西医院用了自己最好的专家，专门为母亲调整了治疗方案。终于，老天开眼，母亲的病情渐渐地稳定了下来。没有想到的是，住院期间母亲竟然成了病友们的开心果，每天都用自己的积极乐观感染着病友，让病房里充满欢笑。以至于查房的医生不止一遍地说：“如果大家都像米孃一样，你们的病都会好得快些。”病房里有一个来自川南贫困县的病友，母亲与她以姊妹相称。大姐出院时，母亲见她衣着单薄，把自己身上穿的毛衣脱下来给她穿回了老家。原以为她会寄回来，因为母亲的全部家当里就只有这么一件毛衣。然而她并没有寄回来。后来我们提起这件事说“这个人好莫得良心哟！”母亲却淡淡地说“莫来头，她们在农村比我们更难，就当是送给她了吧。”

五十四　听课

我一无所长，就会讲课。用我自己的话说是：如果听我的课你都要睡觉，那基本上就不用再听课了。

大概是受“锦衣夜行”的诱惑，我回家乡讲过一次课。家乡皆父老，听者无等闲，来不得半点闪失。但习惯是最顽固的，一贯的笑谈神侃还是藏不住的。两个多小时中，家乡父老同辈及后生基本都没有去上厕所。

回家乡讲课与其他讲课的最大不同在于请母亲到场听课。母亲在妹妹们的陪同下，也坐在后排听了两个多小时的课。在谢别了领导和一众人等后，我来到母亲面前，如同考试后来到老师面前，急切地等待着母亲给出一个评价，如同等待老师给出一个分数。站在母亲面前，我没有看到如同其他听课者的兴奋，也没有作为讲课者母亲的欣慰。超出人们惯常思维和逻辑的是，母亲面有苦涩地对我说的是这样一句话："今后莫要这么讲了，好累人啰！这么多人都坐到一起，让你一个人说话！"

我完全没有想到这是母亲听完我的课要对我说的第一句话，也完全没有听到母亲这句话的思想准备和知识储备。我当时真的是惊呆了！我给无数的人讲过无数课，听过无数的人在无数的课后对我的或客气或真实的褒奖。但是，听到母亲这样的课后感言还真是生平第一次，见到母亲这样的课后神情也是生平第一次，也是我人生中唯一的一次。这样的话只会出自母亲，只有母亲在满堂喝彩的课中和众人称赞的课后，在整个课程进行的分分钟里，唯一感受到的是她儿子的累。

母亲是唯一的，母亲的感受是唯一的，母亲对儿子的感受是唯一中的唯一。无论儿子是在台上眉飞色舞，还是在路边穷困潦倒，母亲对儿子要说的话也都是唯一的：儿子，你别累着！

五十五　跑路

工作了，结婚了，有孩子了。母亲继续着她的操劳。我和我妹妹的几个孩子从襁褓到走路都是我母亲带着的，都是在我母亲背上长大的。一如既往，母亲背着孙辈们时，两手也从来都没有空着过。不是提着刚在市场上买回的蔬菜，就是拎着刚找批发商购进的货品——用于她在路边的小货摊出售。每个小宝贝都会长大，母亲的背篼也会变大，还会修补，会改变形状、调整装置。如果有心，把这些母亲背过的、补过的、调整过不同形状、安放过不同坐垫的背篼都保留下来，都排列出来，一定会蔚为壮观，也一定会告诉你许多故事。

在我这里带孩子时，国庆长假我们要出去玩玩。从小在巴蜀的工厂时，就常听工人们说“上有天堂，下有苏杭”。江南美景在陶瓷厂的工人们心中是梦幻、是天堂、是人间美景。巴蜀人还有一句话，叫作“天下美女出苏杭”，更增添了苏杭的神奇色彩。因此，我们旅游的首选便是一直在心中存着，一直在口中念着的无锡、苏州和杭州。

从无锡出机场开始，母亲就包揽行李搬运工的工作，几乎把我们所有的行李包都扛在肩上、背在背上、提在手上。跟在工厂上班和在家做事一样，双手双脚都没有空着的时候。而且母亲虽然负重在身，却惯常性地行走如飞，我们得在她后面紧赶慢赶才能追上她。

最出人意料的事发生在每一个旅游景点的门口。当我去售票处买票时，母亲就会告诉我这个公园（或园林或湖泊）我去过了，所以我就不进去了（显然这是不真实的，因为母亲第一次出门到江南，别说旅游景点，就连这些地方也是生平第一次见到）。或者说，哪里的景点都一样，里面和外面都差不多，我就不进去了。实际上，母亲是心疼我买门票的几元或几十元钱。我们当然是不会同意的，当然会把她的门票一起买了。当我拿着门票让她一起进去时，意想不到的事情发生了：母亲带上她负重的行李飞也似的跑了！我在后面追上母亲后，再说什么都是多余的，只好把她带回公园或者景点门口，给她找一个可以坐着的地方，由着她在外面等着我们从公园或者景点出来。

当时，我简单地认为母亲不会算账，因为你从天南地北来到这里，飞机火车、旅馆餐饮才是大头。多的钱都用出去了，为什么还如此计较门票这种小钱呢？后来我渐渐地想明白了，勤俭节约是母亲的本性，每一分钱在她眼里都是来之不易的，都是能不花就绝不花的。至于跟着我们天南地北的远足，在母亲心里并不真的是去跟我们去旅游，而是和自己的儿子孙子们一同外出，去感受她为之奋斗一生的天伦之乐，去享受她儿孙同在的齐天之福。此外，再多花一分钱也不干！

母亲与家人

五十六　三峡

1988年春，我从北京考试回到山城，感觉自己快要离开这座待了九年的城市了。我在这里待了九年，尽管离母亲的老家近在咫尺（现在为重庆的一个区），母亲却一次也没有来过这里。因此，在我离开之前，怎么也应该来一次告别游。

应该来一次告别游的理由还有一个，就是让母亲游一次三峡。自1970年12月长江葛洲坝工程批准兴建后，万里长江第一坝——葛洲坝水利枢纽工程即将完工。让母亲看到雄伟壮观原汁原味的三峡美景，也算是对此景虽在人间有，人间仅得几年存的一种致敬与告别。于是，让四妹向单位请了假，专程陪着母亲到了山城。我在山城陪着她们游玩几天后，就给她们购买了从重庆到武汉的船票，让她们从重庆出发，坐船经宜昌到武汉。并且为她们详细规划了在武汉的游览时间和景点，告诉她们要去游东湖、进归元寺、登黄鹤楼、看万里长江上的第一桥。游玩结束后，可以从武汉买火车票直接到成都，也可以坐火车再回到重庆。但是就不要再坐船了，因为逆水行舟的船费时过长，速度更慢，倘遇浅水还得停船待援。而且，即便是两岸青山相对出，连看两遍也晕船。一切准备就绪交代清楚后，又给她们带上了行程中食用的水果和干粮。下午五点，在朝天门码头送她们上船了。

这是母亲生平第一次出门旅游，也是第一次长途旅行。我为她们买的是三等舱的船票，透过房间玻璃窗就能看到外面的景观。据四妹回来说，母亲坐在房间的床上看风景，兴致盎然喜形于色。但当船靠码头大家都下船游玩时，母亲却坐在船上纹丝不动。四妹知道母亲的心思，是怕下船后花钱，也就不过分勉强。到达白帝城时，熟读三国的四妹随游客下船了。回到船上后，看到床上有一大堆牛肉。母亲解释道："刚才卖'张飞牛肉'的人到船上来了。我给你哥哥买了些，带回去给你哥哥吃。"母亲看到左岸拉船的纤夫，没有在美学意义上进行追思，或者发出一声古老的叹息，而是声色战栗地说出了这样一句话："这些人好造孽哟！"好像那粗湿的纤绳嵌进了她的右肩。（四川人说某人"造孽"不是谴责这人干了什么伤天害理的事，而是表达对这个人不幸境况的同情和怜悯，也可能暗含有对其不幸之因的谴责）。

母亲她们离开重庆的第四天下午，我的房门响起了一阵敲门声。开门一看，惊讶得既在意料之外，也不在情理之中：四妹和母亲两人站在门口！迎进房间坐定后，问这是怎么回事？妹妹半天没敢说话。最后总算弄明白了：船到宜昌时，母亲坚持下船、退票、买了即将开船的回程票，从宜昌逆流而上回到了重庆。看到我疑惑不解且略带责备的目光，母亲低着头，轻轻地吐出两个字："费钱。"

五十七　郊游

近些年来，周末是母亲最开心的时光。一辆从北京托运回来的两厢神龙富康旧车使我家较早成了当地的有车一族。每逢周末，富康车就载着母亲、妹妹和妹夫们乡村一日游。这个李白出生之地是中国著名的旅游胜地，拥有丰富的旅游资源，包括国家级景区五个，国家重点保护文物两个。文有李白，故居中尚存陇西院、太白祠、衣冠墓、磨针溪、粉竹楼、洗墨池。杜甫也曾慕名而来，便有了"李杜祠"位于芙蓉溪东岸。武有海灯，出生在千年古村重华镇。他既是高僧也是武林高手。海灯法师习武在少林寺，归隐在重华镇，引无数爱好者前来拜师学艺。当地政府在昌明河畔建有海灯武馆，弦歌不辍，砥砺深耕。在雁门关，有非遗文化烟火制作。在窦圌山，有奇峰三座铁索飞渡。在红军桥，有四方面军雕刻的政策法令。在白龙宫，有水旱两路的原始奇观，还是电视剧《封神榜》的灵感地，《西游记》的取景处。

坐在车窗旁的母亲游览着外面的景色，不时地自言自语："今年的雨水多，庄稼都长起来了。""这麦子长得好，这家农民勤快。""这块菜地该拔草了，这家人太懒了。"路边和山间的野花是最令母亲兴奋的。母亲最喜欢色彩鲜艳的小花，她会走过去摘上几支拿在手上，坐轮椅后就摘来插在轮椅扶手前面。一束小山花映得母亲脸上的皱纹都舒展开了。

我们走遍了诗城所有乡镇的山山水水。到了乡下，我们包下一个农家院。两个女婿去河沟钓野生鱼或者到农民养鱼的堰塘钓鱼，妹妹们搀扶着母亲，时而拉拽、时而推动，与母亲行走在乡间的羊肠小道上、田间地头上。在农家小院，我们伴着音乐跳广场舞，母亲扶着小重孙荡秋千。在小河沟，我们找出河边的石片打水漂，比谁的石片飘得更远，在水上的着水点最多。大家一路走、一路跳，一路拍照、一路笑。母亲的笑声最是感人，深深地发自肺腑，很具感染力的声音传导着一路升高的节奏，"哈哈哈"笑声在田间树林回荡。每个人都陶醉在大自然中，整个家庭都沉浸在其乐融融的天伦之乐中。是啊！是什么比农民收割到成熟的庄稼，比果农采摘到成熟的果实更令人陶醉和满足的呢？更何况，是一位为了今天的收割和采摘付出自己全副身心的母亲。

母亲总是有牵挂的。不多久，母亲就要走到女婿们身边，看看他们钓上来的两三条巴掌大的鲫鱼，再递上一瓶矿泉水，或者几片饼干，静静地坐在水边看他们钓鱼。

渐渐地，母亲的腿脚就不灵便了。于是，我们买了“合家欢”三轮车，组成家庭三人组，开展家庭三人半日游。在半径二十公里的乡村小道，在青莲场，在新安小镇，在百合花基地，在湿地公园里载着母亲呼吸大自然清新的空气，体味一草一木一果一花独放的芳香。再后来，母亲不能坐“合家欢”了，我们就换成“我家有喜”，让母亲坐在舒适的靠椅上。再后来，母亲站立有困难了，我们把“富康”换成了“SUV”，车上既能放轮椅，又能坐得更宽敞。出发前，先把母亲抱上车，把轮椅收放在后备厢。到了乡村，先把轮椅摆放在车门边，再抱下母亲坐在轮椅上。随着轮椅的转动，母亲和我们都一同融入了大自然的怀抱。

五十八　水库

涪城远郊的一座水库有“小九寨”的别名，是每年团聚时与母亲常去之处。水库离市区有四十多里，有山、有水、有庙、有烧烤。置身于自然与儿孙们的包围中，母亲心情是畅快的。

出行的方式有两种：一种是坐乡村公共汽车，一种是家人开车去。母亲能走动时，常跟大家一起挤在公共汽车上。坐上轮椅后，就只能由家人开车接送了。先是把母亲从轮椅上抱下来，把轮椅收起后放进汽车后备厢，再一个人拉开后车门，另外两个人分别抱着母亲的身体和抬着母亲的双脚，顺势放在汽车的后座上，然后把母亲的身体扶到中间位置摆正，两脚平放在前面的脚垫上。两个妹妹分别坐在母亲的两边，汽车就可以出发了。由于一辆车每次只能坐四个人，所以要开车来回跑两趟人才能到齐。

把母亲从汽车上搬下来是一项与扶她上车同样费事的工程，要把抱扶母亲上车的过程反向操作一遍。下车后，女儿们推着坐在轮椅上的母亲向水库的坡道前行。在爬坡中把母亲推上水库堤坝和在下坡中把母亲推到守库人家都颇具挑战性。上坡时，需要四人分工合作，两人一组推着，陡峭处加另外两人在前面牵引。半途中两组人分工互换。下坡难于上坡不仅在于轮椅下滑的惯性，更在于轮椅中母亲的安全。为此，下坡的全程都必须面部朝上，背靠着轮椅倒行下坡。此时，轮椅变成了张果老倒骑驴的状态，一个人在后面轮椅背面缓缓地放行，另外两人抓住轮椅的两侧控制着轮椅的下滑。即便在冬季，上下一趟后这些人都是汗流浃背。

女儿们推轮椅上的母亲去水库游览

小道的两旁空气清新，沁人心脾。一边是山林中的鸟语花香，一边是守库人种植的瓜果蔬菜。母亲坐在轮椅上，脸上再现出年轻的容光、堆写着老年的慈祥，或微笑，或指点，或唔唔呀呀地发声，或轻轻松松地抚手。到了水库，轮椅靠在堤坝的围栏里，母亲在轮椅中坐看山水。儿孙们四处散开，各自游玩。见到有胆大的儿孙翻过围栏，母亲便一阵紧张，连忙用手指着他们，大声地发出咿咿呀呀的声音，阻止孙子们别去冒险，或者提示其他人阻止孙子们别去冒险。

守库人的独门绝技是柴火烧烤。这里的柴是从山上砍下的松枝，水是从山涧流下的清泉，鱼在水库中野生，鸡在院内外放养。最世间无二的是烧烤的装置。长三米宽两米烤架是他本人捡来工厂的旧钢条焊接的，粗壮的焊疤疙疙瘩瘩堆积着，与用粗铁丝钳扭在上面的整只的羊、整条的鱼、整只的野兔、整串的腊肠相互烘托，香辣袭人。一个之字形的圆钢把手托放在 U 形的直立钢柱上，三百六十度转动自如。最为了得的是烤架下的柴火，远胜太上老君连烧七七四十九天的三昧真火，用的是全年三百六十五天从不熄灭的人间烟火。平日里，用一棵硕大无朋的老木树根慢火长续；烤肉时，添加上干柴即成烈火。

母亲已经吃不下多少东西了，她的本意也不在吃，而在乎于儿孙们的吃，满足于儿孙们在欢声笑语中的大快朵颐。偶尔，她还会把女儿们夹给她的鸡腿、鱼肉用筷子转挑给孙女，也还会把自己面前的菜转动到孙子的面前。饭后，母亲清醒的那些年，少不了搓上几圈麻将。母亲只会最简单的玩法，什么带钩、加番、杠上花一律免谈。输钱是母亲的常态，却不是她的常愿。这种时候，技高一筹的女婿就该不动声色地点炮了。

打麻将

五十九　朝拜

窦圌山层峦叠嶂，延绵于涪江东岸，国家4A级景区，是李白“樵夫与耕者，出入画屏中”的“取景地”。南北朝始建寺庙，唐朝彰明主簿弃官隐居，在此修炼成仙，骑鹤白昼飞升。此后的每年农历三月三，便有了当地人朝拜窦圌山的习俗。

1987年农历三月三，母亲带上外公和来家做客的三孃及全家人去窦圌山朝拜。出发前，在饭盒里装上母亲头天做好的凉面，早上煮的玉米和鸡蛋，辅之以腊肉、香肠等干粮。用军用水壶灌装上满满一壶开水，每人花两元钱从县城坐远郊公共汽车来到二十公里外的窦圌山脚下。

一行人沿着崎岖不平的山路往上爬，谈笑风生。

只是每当看到有农民在地里劳作时，母亲都会停下脚步若有所思地看上一会儿。仿佛在回想自己曾经的耕种经历，又或是在叹息劳作的艰辛。行至半山，本可以坐索道上去，但这与母亲传统方式相左，所以大家谁也没有提及，只是埋着头往前走。见年迈的外公有些喘息，母亲就把外公扶到路边的一块石头上坐下，让大家看着。她跳下路基，到杂草丛生的小树丛中找到一根壮直的树干，用力从根部掰断，撇去了树干上的小枝条，把一根助力的拐杖交到外公的手上。

上山时路经古刹云岩寺，本是佛教禅宗的庙宇，但是佛、道二教又在建筑上融为了一体，形成东为禅院，西为道观的独特构造。母亲分不清楚哪路是神何人是仙，反正就是见神就拜，见仙就求。母亲也没有宏大述事，都是以“阿弥陀佛”开头，都是上拜神灵保佑老人健康长寿，再拜仙家保佑全家平安，又拜诸神保佑子孙上进。母亲虽然对各位真神不甚明了，但母亲的虔诚却是不折不扣的。逢庙必进，见神必拜，双膝跪地，两手拱合，俯头到手，低头着地。这些都是拜神时的大礼，表达了母亲的非常尊敬和诚心。

窦圌山有我国唯一现存的宋代道教木制转轮经藏——飞天藏。这个看似巨型转经筒的木塔，是用来珍藏经书的。其外形呈八角四层，高十多米、直径七米多，塔上雕有精美的天宫楼阁、花卉人物。由于中央有一圆柱，圆柱下端固定在地坑中一枚名为“寿山佛海”的藏针之上，木塔虽巨却可轻巧旋转。母亲随着转动的木塔，口中念念有词，依然“阿弥陀佛”开头，依然是老人的健康长寿，家庭的平安幸福，子孙的成长上进。

六十　厚薄

在一个多子女的家庭中，母亲都会一碗水端平，因为手心手背都是肉。但家中的不同子女或者同一子女在不同时期可能会有不同的感受。或者感觉母亲厚此薄彼，或者感觉母亲顾此失彼。拉长了看，母亲多是儿行千里母担忧——顾远薄近；儿孙的事情大于天——顾此失彼。

三妹顶替母亲进了工厂，未成年的她与成年工人一样在震耳轰鸣的机器声中和泥、压碗、修坯、烘干、搬运，二十四小时三班倒，全年无休连轴转。但是，厂里过节分点水果拿回家中，母亲却不让吃。要等哥哥、妹妹学校放假回来吃。即便是相亲回来，对方送了一件手工编织的玫瑰红纯毛上衣，母亲也不让穿，说是“你妹妹在外面抛头露面，留给她穿。”带小外甥去理个发，母亲也不满意，说委屈了远离父母的孩子。每逢春节，母亲就把搜肠刮肚存的分钱毛币收集到一起，裹上好几层手帕等着孙儿回来。凡此种种，三妹认定母亲是厚此薄彼、顾此失彼的。

1994 年，在北京带孙子的母亲想念外孙儿女们了，就让人把两个五六岁的外孙女和外孙儿带过来。母亲见到他们格外亲热，自己带着他们游故宫，爬长城。三妹的女儿走不动时，母亲就一路上背着她游玩，而且说：“弟弟是男子汉，要自己走。”三妹知道后很是感动和感慨，明白了母亲的厚此薄彼、顾此失彼是因时因地的，而不是因人因事的。

全家搬到城里后，母亲和四妹住在一起。随时地，母亲都会从家里拿出两节香肠、包上两块腊肉，带着几个橘子送到三妹手上。收到大姐给母亲寄来的补品，母亲就让四妹给三妹送过去：“你姐姐身体不好，让她补一补。”在北京时，母亲也会在寄给三妹的衣服中夹放些零钞。

久而久之，三妹悟出母亲厚此薄彼、顾此失彼的规律：在她身边的儿女，她知饥知寒，不用担心；不在身边的儿女，她怕饿着冻着，就格外偏心。三妹对大家说了后，大家也都有同感。纵观母亲几十年对子女的“偏心”，我们每个子女都知道了她是世上最不偏心的母亲。每个子女在母亲心里都是痛，在母亲那里“手背上手板心里都是肉”（母亲的四川话）。母亲永远都像老母鸡保护小鸡仔一样护卫着每一个子孙。在子女的人生中，母亲是一条长长的路，无论我们走到哪里，都在母亲的眼里、手里和心里，母亲分分秒秒都在伴着我们前行。在子女的人生中，母亲是一条长长的河，无论我们航行何处，都在母亲的怀中、抱中和胸中，母亲时时刻刻都在为我们排危去险，不让我们沾水湿脚。

六十一　弟弟

母亲有两个弟弟，也就是我的两个舅舅，都很有出息。两个都是大学生，是母亲的精神支柱，也是我们家的外部保障。小舅舅说，当年二姐家搬到哪里，我学生证上的家庭住址就改到哪里。当时的大学生每年两个假期回家乘坐火车是可以购买半价车票的。从这句话也不难得知，母亲能够坚持下来，来自娘家人的力量功不可没。

两个舅舅既有合作，也有分工。合作主要在联合或者分别写告状信，让解放初期就是县委领导，省报特约评论的长者就此止步，不升反降。合作也体现在对我们的教育上，两个舅舅到我家后都不会放过我们的学习，常常是耳提面命，责之心切。在分工上，教育之事主要是由大舅舅来完成的，因为他读的是师范大学。在我的记忆中，“就”字的写法便是一例，这个字的正确写法是大舅舅看了我的错误写法后直接纠正的，告诉我“就”字右边上面那一个“点”是最后一笔。由此我才知道字的写法不仅有笔有划，而且还讲究笔序先后。算术也是他们教学的长项，直教我在全班同学开始学“一一得一”时，我已经“九九八十一”了。

母亲对两个舅舅更是没得说，尽其所能地为他们做着力所能及之事。比如，当工人的母亲每次领到工作服，就去裁缝店改装后给在大学读书的舅舅寄去。给他们的信页中，也总是夹有几斤粮票或者几元钱。

两个舅舅大学毕业后继续照顾着我们，母亲也继续感谢着两个舅舅。离我们比较近的是小舅舅，来往也就更多一些。我当木匠后，经常会给家里做一些家具。每次小舅舅来了，都会把这些家具带走。以至于一个同款洗脸架，我至少做过三次，最后一个终于留在家里自用了。这些年有人要寻找我当木匠的痕迹或者评判我做木活的手艺，他们都是到了小舅舅家的储存间或者乡下的老家才能大开眼界的。桌椅板凳、箱子柜子、三斗五橱、曲腿圆面，应有尽有。

小舅舅与我，1979 年

两个舅舅大学毕业后，对外公外婆的照料有了更多的承担。但事实上，最多承担的仍然是母亲。尤其是外婆去世后，外公的归宿就在我们狭窄的房间里。在这个房间里，上下铺是外公和我的待遇，因为毕竟在室内。妹妹们就只能住在凉台上了，好在用纸板挡住了风。外公每顿都要喝几口酒。自从来到我们家，母亲每顿都会在饭桌上为外公放上酒瓶和酒杯。

六十二　妹妹

满嬢是母亲的幺妹，一直在外公外婆身边尽孝。平日里，在农村种着几分薄地，面朝黄土背朝天，劳苦艰辛、生活贫困。母亲能帮尽帮，能管尽管，先是寄钱寄物带东西。老人去世后，就把满嬢和她的二女儿接到了我家。用满嬢自己的话说是“一个破背篼，背了几件烂衣服就来安营扎寨了”。

母亲给她们在城里租好房子，手把手地教她们在街边摆摊，卖烟、卖糖、卖水果。为了满嬢的生意能够有起色，母亲把自己手上的优质客户介绍给满嬢，常听她说：“孙老板，这是我妹妹，以后多照顾哈！”“张老弟，我妹妹的生意就是我的，记得常来哟。”还常授满嬢以渔：“常客可以赊账，累（积累）起走再去收。几毛、几分这样的小钱莫要太计较”“莫要买了相因（便宜）柴，烧锅夹生饭。”许多时候，直接把自己的优质的货品分给满孃，干脆不卖自己的货去给满孃守摊。看到母亲为满孃如此操劳，儿女们心有不忍。母亲语重心长地说：“你满孃把我的父母送走了，我必须管。将来我老了，要你满孃照顾。”如此这般，满孃的事就是母亲的事，母亲的事就是我们的事，所以全家都为满孃在城里落地生根有钱出钱，有力出力。

立足之后，母亲就让满孃把儿子从农村接到我家，在家里的阳台上搭了一张床。然后给在学校当老师的二妹夫布置任务：“把他收到你班上去读书。”有了这个读书的机会，表弟把顶替当工人的名额让给了他二姐，自己读完高中考上了大学。

在母亲的全力帮助和全家的共同维护下，满孃的生意有了起色。接着，母亲又让满孃把她身有残疾的大女儿全家从农村接来一起经营。一步步地，满孃的生意从路边店到副食店，路边烧烤摊到堂食烧烤店，在兴旺红火中既扩展了经营范围，又扩大了经营规模。在经营中遇到任何麻烦，满孃第一件事就是找到母亲，母亲第一件事就是马上通知体制内工作的女儿女婿：“立即、马上、莫要过夜去找人把扣押的东西拿回来。”儿女们唯命是从，连夜奔走各种勾兑，直至问题完全解决。

为了让满孃全家永远扎根城市，再不重返农村，母亲为满孃做出了“居者有其房”的努力。通过女儿女婿，用尽各种疏通，终于让满孃全家在城里有了一套廉租房。为绝后患，母亲对儿女下了死命令：这套房子永远不得收回，永远给你满孃！最后，满孃按照相关政策购买后得到这套房屋的合法产权。同样按照相关政策，母亲又让儿女们为满孃办理户口迁移，把满孃一家从农村办理成了城市居民，每月都能领取国家的低保补助，彻底解决了满孃的后顾之忧。

六十三　人缘

人缘是指跟人相处的关系。人是社会性动物，是在与人交往中生存的，所以人缘在人生中至关重要。有人为此开列过不少妙方，但在母亲这里都不好使。比如“亲近”，即放低姿态，人畜无害，易于接近和交往。这个妙招不好使的原因是母亲和家庭都已经低到了尘埃里了，还能到哪里去找“放低姿态”？比如“交换”，即双方都能各取所需，都能各有所得，包括精神的和物质的。前者需要知识广博，让人受益匪浅。后者需要资源丰富，让人收获颇多。这个妙招不好使的原因是母亲和家庭几乎没有任何可供交换的资源，毋论是精神的，尤其是物质的。比如“交往”，即常聚在一起促膝谈心，打牌喝茶，请客吃饭，郊游踏青。这个妙招不好使的原因可以简单到“时间”两个字，“汗水”的母亲哪里还有这份闲暇？而且不必隐匿，母亲和我们家的环境无处不显现着八个字：“弱肉强食，欺小凌弱。”

欣慰的是，母亲人缘特别好！从母亲与老师、与工友、与医生的交往中，就可以领略母亲的人缘魅力。

与老师。母亲靠微薄的工资收入养着四个吃涨饭的孩子，青黄不接入不敷出是常态。每当新学年开学要给孩子们交学费时，常态性问题就尖锐化了。但是，母亲从未因此中断过孩子们的上学。母亲的功夫在平时。无论多忙多累，母亲都会去参加家长会。无论寒冬酷夏，母亲都要摸夜去到老师家，都要去逐一拜访孩子们的班主任。把自己种的菜，自己做的腊肉多多少少地送点给班主任，既及时掌握了孩子们的学习情况，又融洽了老师与家长的关系。当班主任老师了解到母亲的家庭困难后，每年开学时都会主动给学校提交暂缓收取孩子们学费的报告。基本上，学校每年都免除几个孩子的学费。在学校和老师们的帮助下，孩子们才得以在学校里继续读书。

与工友。还是样板戏中的那句唱词“穷不帮穷谁照应？”按照国家的计划，每家的粮票和布票都是不够用的。即便如此，母亲还是会拿出一部分粮票和布票送给工友和附近更为贫困的农户。这些底层善良的人们在关键时刻是能够挺身而出的！当母亲的弟弟从武斗中的大学跑出来时，便是躲藏在这些农户家逃过危险的。

与医生。母亲时常会把厂里分发给职工的浴室洗澡票送给公社的医生，自己则用脸盆接上热水端着去公共厕所里洗澡。母亲还会把厂里发的二炭票送给公社医院的医生，自己则去河坝里从厂窑倾倒的炭渣中捡拾遗弃的小二炭块家用。公社医院有十多个医生，每位医生都与母亲相处甚佳，也都收到过母亲的二炭票。以至于多年后四妹从医校毕业到县卫生局报到时，经办人是从原公社医院上调到卫生局的医生。这位医生一边给四妹办入职手续，还一边对四妹说起："你妈是个能干人，人缘又好，我们都很敬佩她！"

六十四　探家

中国是一个“家”的社会，是一个“大家”的社会，是一个“家族”的社会。婆家娘家，尤其是娘家固定地成为家中出嫁女的避风港和收留处，尤其是出嫁女的孩童们免费和无时限的寄养所。外婆看到母亲的窘境就伸出了援手，叫舅舅把最小的妹妹送回乡下老家，由他们养育照看。外婆家在乡下属于贫困户，家里并没有多少吃的，只能每顿抓一把米放进锅里。在一大锅水中熬出看不到米的稀饭，或者可以直接称之为米汤。外婆本人也已年老体弱，照顾小妹的事务实际上是落在了满嬢（四川话，最小的姑姑或姨妈）身上。

任何母亲都牵挂着她的每一个孩子，无论他们远在天边或者近在咫尺，甚至无论他们是否存活或者已经离去。母亲挂在嘴边的“一心挂几场”这句话，就开始于小妹被送回老家的时候。母亲原来是老家有事就回去，现在是每隔一段时间就要回去。县城离家有三十里地公路，也有运营的汽车。走山路会近一些，但都是小路和山路。为了省钱，母亲都是做出后一项选择。顾老又顾小的母亲每次都会带很多东西回去。这些东西虽不值钱，却分量不轻，需要肩挑背扛地带回去。一次年关临近，带的东西又格外地多了些。冬天的傍晚黑得早，半路歇息时，一个中年壮汉扛着母亲放下的东西就跑，母亲反应过来后就拼命地追了上去。跑出半里地后终于追上了壮汉，壮汉有恃无恐地坐在母亲的行李上，喘着粗气看着跑上来的母亲。母亲上前抓着自己的行李，要从壮汉手中夺回来。壮汉见状站起来拿着行李就走，母亲死死地拖着行李不放。壮汉连人带行李拖了一阵后见无计可施，只好放弃行李自行离去。

回到家中过年时，舅舅也回来了。一天上午，外婆屋里传来了争吵声，舅舅突然从外婆屋里冲了出来，嘴里还在不停地叨念。母亲赶紧去问外婆是怎么回事，外婆告诉母亲是舅舅要分农村的老房子，而且把满孃排除在外，坚持女子没有继承权的老规矩。外婆心疼在身边一直照顾自己的小女儿，为这事已经跟舅舅争吵多次了。母亲听后一脸怒气地冲到舅舅面前，连珠炮式地大声斥责：“你这个忘恩负义的东西，书都读到牛屁眼里去了。父母把你们供出大学，工作了还没有报答父母，就跟妹妹争起了房子。你妹妹在农村伺候父母一辈子，你还有脸回来和她争老房子，你们的良心给狗吃了？”舅舅哭着跑了出去。从此，争吵多日的老房子归属再也没有争端，大家默认由为父母养老送终的满孃继承。

六十五　尽孝

母亲是很孝顺父母的。虽然她偶尔会提及，在她还未成年时，父母为了租种 ×××（长者）家的田地，就把她送去他家做家务干农活，受苦受累，但这丝毫没有影响她对自己父母的孝顺。

外公外婆都在农村老家时，老家有了任何需求，她都会竭尽全力满足。一听到父母有任何不适，她都会在第一时间赶回去。外婆去世后，她把外公接到了我们家，一直照料到外公最后的时光。虽然我们经济上不宽裕，但还是让外公每餐都有一杯酒，每顿都有下酒菜。

有一次母亲从外面回来，双眼微红，刚刚落过泪。问起来，她说是路上有一位老大娘，从背影上看就像是外婆。

爱屋及乌。外婆去世后，母亲把满孃也从老家的农村接到我们家来。后来又在县城里给她租房、办证、找工作。满孃在县城里经营一个小货摊后（此时我们家已经搬到了县城），母亲更是每日必去，每事必帮。后来，又把满孃在农村的孩子也接了出来，为她找到相应的工作。满孃的小货摊在街边的拐角处。下雨，母亲会送去伞；刮风，母亲会送去衣。有泼皮耍赖，母亲会挺身而出；有市容整顿，母亲会出面摆平。母亲对我们说，是满孃一直在农村的老家照顾外公外婆的，也是满孃把外婆送上山的，所以我们必须要全力报答她。

母亲身体力行了中华文化中的“百善孝为先”。在此基础上，母亲还践行了《论语》中“孟武伯问孝。子曰：‘父母唯其疾之忧’。”这是指当母亲在为其父母尽孝与要救其子女于水火时两难中的抉择。比如，当我突发疾病或者在工地上摔伤后，老家传来信息要母亲马上回去。此时，母亲会怀着极其愧疚的心情不再如同往常一样第一时间动身，而是待我的病痛得到医治，伤情得以缓解后，立即起身往老家赶回去照料父母。并且还会在上车前加上一句话：“为了你，我连父母的事都耽搁了。”每当此时，我都与母亲一同经历着心理上的折磨。后来，还是读了《论语》才稍有缓解。因为孔子在孟武伯向其请教孝道时说过:“父母唯其疾之忧。”这是说“除了疾病,不可有其他事情让父母担忧。”换言之,父母担忧子女的疾病是不违背孝道的,母亲在我们病中暂时未能顾及父母在孔子的孝道中是情有可原的。

母亲这样的孝道也直接影响着我们。在送别母亲时,有第三代者因第四代的原因不能前往,子孙们为此都心有愧疚。我告诉姐妹们,如果是母亲,她也会这样做。在母亲心中,子女的危急是高于其他事项的。

六十六　退休

我国女职工（严格地说是“女工人”）的法定退休年龄是五十岁。母亲为了三妹能有一个当时所说的“正式工作”，遵照自20世纪50年代末到70年代中期实行的“子女顶替政策”（即企事业单位工人退休、退职时，可由一个子女顶替空下来的名额，进入父母原工作单位上班），让三妹顶了自己的班，自己则提前两年退了休。

可想而知，像母亲这样陀螺般转动着的人，可以“退”，但怎么可能“休”呢？退而不休的母亲无缝衔接地把工作岗位转移到了火车站、货车厢和小摊上。

在火车站，每天有南来北往的四趟客车停靠，每次停车两分钟。母亲提前在家里煮好鸡蛋、花生、毛豆等零食，晾制好白开水，买来成捆的甘蔗去皮后切成小短节，加上应季的鲜玉米、嫩黄瓜，左手挎着一个大篮子，右手从车窗外递给拿出散钱的旅客。时间虽短，收入不短。

货车厢有装煤的、装大米的、装豆子的、装水泥的。一节数十吨的车厢卸载后，总会散落些煤、大米、黄豆和水泥。母亲从细小的悬梯爬上硕大的货车厢，然后从几米高的车沿跳入厢底，用扫帚扫入畚箕（四川叫“撮箕”）内，再把畚箕里的收获倒进背篼里。然后，背上背篼，踩着车厢内的几个用于攀爬的小角铁，上到车沿后翻到外面，沿细小的悬梯爬下或者直接跳下。这是一项收入不高、危险极高的工作。在车厢内外上下来回翻滚都不算事，可怕的第一个危险是火车突然开动了，你要么在火车的行进中冒险跳下，要么就困在车厢里等到火车停靠的下一个车站，有可能是数十公里外邻镇，也有可能在几百公里外的邻省。第二个危险是你从车厢跳下来时，旁边轨道上一列火车飞驰而过。铁道建设者在两条轨道间并没有给跳车者留下宽敞的空间，跳车者的性命和身体只能求助于上帝的庇护。感谢上帝，母亲跳过车，去过邻镇，到过外省，总算是活下来了！

从货车车厢扫下来的煤拌上泥土用于制作蜂窝煤，

在赶集日(四川说“逢场”)背到街上去售卖。扫下来的米粒留下自吃,或者磨成米粉制成发糕沿车窗叫卖。豆子则卖给磨豆腐的人家,或者炒制后分装成小包递给客车窗口里面的旅客。水泥的去处只有一个——建筑工地。这得积少成多,因为水泥不值钱。所以,如果你那个时候路过我家,看到门口堆放着一小堆水泥,请不要推测我家在装修。

上世纪80年代末,政策开始松动了,可以在街边摆小摊了。母亲又找到了自己的新职业——摆个小摊专门售卖零包的香烟。母亲不抽烟且未曾上过学,但是对于几十种高、中、低档香烟,各种不同香烟的产地和品牌,尤其至关重要的香烟价格竟能烂熟于心,脱口而出。小摊的生意是自己进货自己销售。所以,母亲每天早上六点不到就推出烟摊,瞅准的是晨练的烟民。到了上午就推到政府门口,为要进门办事的市民提供方便。晚上十二点后才收摊,为的是不漏掉打夜麻将散伙的烟民。在这样构制缜密的网格化格局中,母亲的生意可谓是风生水起。

这个时候已经有了孙女和孙儿,母亲又开始兼职当起了免费保姆。如果你当时走在我家乡的街上,看到一位老太婆背篼里背着幼儿,孩子周边插着香烟,一大包水果蔬菜提在她的左手，一大包婴儿用品提在她的右手。老太婆边走边哄着孩子，汗水湿透了薄衫，脸上泛着红光。请不要惊讶，也别多想——她是我妈！

母亲女儿和孙儿

六十七　生日

从小长到大的许多年，我们没有过生日的记忆。不仅我们没有，母亲也没有过过生日。不仅我们没有过过生日，就是其他的节日，我们也是没有感觉的。这一方面印证了“有钱人过节，没钱人过关”的俗语，用母亲当时的话说是“有钱天天过节，莫钱一节不节”。另一方面，我们基本上都不清楚自己的准确生日。以我为例，说的是生的“腊月尾，正月头”，大概是快过年的日子吧，在户口本上写的是“12 月 25 日”。这倒不是为了傍名人有意为之，据说是把记忆中的阴历（农历）日子写成阳历日子而得来的。即便是这个以阴为阳的日子也是事后的猜想和推测，真实的出生时间成了一桩历史悬案。更为荒唐的是二妹的生日，在从小到大的户口本上，只比我小了6个月！二妹是正常生产的，即所谓的“十月怀胎，一朝分娩”。但是，这明显违背常识的生日记录就长期存在全家共有的一个户口本上，也长期注明在几姊妹都在的一个学校的登记册中。长大后觉得实在是过于荒唐，才把二妹的出生月份往后推了几个月，至少在户籍证明上不让人产生怀疑。基于同样的情形，我们家的人对各种节日几乎无感，更缺乏年月中的种种仪式感。这对于我们走向社会，甚至对于我们有了自己家庭都产生了负面效应。

外公虽然一生务农，却在生活中与常人一般具有隆重的仪式感。中国社会经历了漫长的农业社会，国人的礼仪是从农村中生长和形成的。农庄、农户、农民远比城里人看重各种节日，讲究各种礼仪。他们通过自己的行动，为中华民族的传承沿袭了几千年中国社会特有的礼节和仪式。这些礼节和仪式生长在他们的身体里，溶入在他们的血液中，任何疏忽或者怠慢都可能对他们构成严重的冒犯。

母亲把外公接到我们家养老后，他老人家也不由自主地被母亲的日常劳作所“裹挟”，每天都跟着工休时的母亲一起去火车站，给南来北往客车上的旅客兜售家里加工的煮花生、炒瓜子、一节甘蔗、几个水果和装在玻璃杯里的茶水。外公提着装货的篮子，母亲一手把东西从车窗上递上去，一手就把旅客给的钱接下来。客车在这个小站只停 2 分钟，所以递货收钱的动作要快，外公母亲的配合要好。有一天，外公坐在家里不往车站走，眼看着客车就要进站了。母亲提着满篮的东西一直等着，直到确实不能再等了。母亲生气地问外公今天为什么不出门？外公不说话，却显出孩子般的满脸委屈。母亲努力地搜索着自己的记忆，终于想起了今天是外公的生日！母亲非常自责，马上放下篮子，赶紧跑到街上的饭馆里买来卤肉热炒，又炸出一盘花生米，剥了两个松花蛋，在酒店里买了平时舍不得买的上等烧酒，把正在忙碌的全家人也都叫了回来，一起为外公庆生，给外公过了一个应急式的隆重生日。

六十八　背孙

我们家的第三代都在母亲背的背篼里长大。用妹妹的话说是:“我妈背烂了十几个背篼。”

四川的地势起伏高低,街区通道狭长崎岖,决定了居住在此的人主要是用背篼来转移物品。婴幼儿和小宝宝虽然不是“物品”但却少不了“转移”,婴儿和背篼就有了关联。而且,四川人勤劳,在带孩子时要空出两只手来做其他的事情,像母亲那样“背篼里背着幼儿,孩子周边插着香烟,一大包水果蔬菜提在她的左手,一大包婴儿用品提在她的右手。”背篼是用竹条编成的筐状背具,背小孩的叫“娃娃背篼”。在娃娃背篼中,四川人又多了一份耐劳。其他地方的娃娃背篼通常是通过加深加密背篼的制作来让孩子更加安全地站在里面,四川人却大费周章地把娃娃背篼编成了阶梯状或者说制成了圆形靠椅。孩子可以坐在小半截高的编织为一体的小竹椅上，小背舒适地稳靠在背篼的后圈上，两手平稳地摆放在背篼的边框里。精力充沛的孩子不仅可以在背篼里动手动脚，还可以站起来与路人相互打望。四川人说话会不时地嵌入“安逸”两个字，用四川话拖长了的尾音听起来就很安逸。四川人特制的娃娃背篼既是受安逸所引导，也是求安逸的实物写照。

用背篼背孙子只是母亲带孙的一面，母亲带孙的另一面是同步育孙。母亲历来注重孩子的教育，并从我们这一代延续到了第三代。运动中的广播里经常批判儒家的“万般皆下品，唯有读书高。”母亲大概只听明白了这两句话，没有听明白这是“供批判用”的两句话，竟把这两句话在幼小的孙辈们耳边反复念叨。而且，她还独创了一个“偷不走”理论教育孙辈们——她说读书就跟吃饭一样，吃到你的肚子里，小偷都偷不走了。后来我发现这句话的专利在犹太人那里，原话是“人生有三样东西别人偷不走——肚子里的食物，脑子里的知识，心中的梦想。”虽然母亲的话覆盖了三分之二的犹太人话，但我担保母亲不存在侵犯其知识产权的可能性，因为她这辈子压根儿就不知道这个世界上还有犹太人，更不可能把他们的话变成自己的话说出来。

因材施教，动态调整是母亲的另一路育孙之道。小外孙儿灵活多动，长于体育。母亲就鼓动他在体育上学习一门特长。为此，母亲找到在县工会开办乒乓球训练班的教练，拜托教练收下自己的小外孙。这位教练是母亲烟摊上的常客，总在烟摊边与形影不离的婆孙相遇，经不起母亲天天磨嘴皮子，他破例收下了这个年龄最小、基础为零的弟子。此后，母亲把卖烟、接送和陪练三项工作打通，每天给孙子配备的是“娃哈哈”，给教练准备的是“红塔山”。外孙没有辜负母亲的期望，几年后已经在当地的乒乓球比赛中争金夺银。小升初后，面临着向专业运动员努力还是作为业余爱好坚持的抉择。母亲认为兹事体大，关乎一生，便于假期带着外孙来到北京，想请北京的国手们做一个前瞻性评判。我在北京体育学院（现在的北京体育大学）给他请了一个为期一个月的付费教练，这位教练进入体育大学前取得过其所在省前三名的赛事成绩。教练一边讲解一边实战，与他对练了一个上午。回到家中，他决定不再练了，马上回去继续读书。后来，他参加高考进入一所“985”大学学习理工，工作后又考取了一所“双一流”大学的研究生。

虽然他没有成为专业运动员，但正所谓“人生没有白走的路，每一步都算数。”这段准运动员的经历对他后面的发展效果显著。直接的效果是在本系统运动会上无出其右，斩获甚丰，上下左右为之喝彩。

母亲与孙儿

六十九　守夜

母亲来北京带孙子时我们住在一个上世纪的六层楼小区中。这种六层楼建筑是北京老旧小区的一个标识：一是不带电梯，二是房间很小。基本上每个单元都布局三家，每家都不足 40 来平方米。以至于一位来自先富起来的南方某省的朋友进到家中，憋了好一阵子才找到合适的表达：你们真会利用空间！

在北京这种六层楼小区的建筑还有一个显得没有特色的特色——所有楼的外观都长得一样。我在这里专门提及，是因为母亲深夜在这些长得一样的建筑中辨认不出哪栋楼是我家所在。那时孩子刚刚出生，母亲坐火车从四川来北京。火车到北京的时间是凌晨 2 点，但她坚持不要我去车站接，说她已经来过，自己打个出租车就到家了。然而，我一觉醒来已经过了凌晨3点，母亲还没有到家。赶紧起床，拉开电灯急想对策。3分钟后，母亲敲门进家了。原来母亲记住了小区，也记住了我家的房间的门号和所在的位置，却没有记住楼号。如果在白天，应当是没有问题的。但在深夜，应该是有问题的。那个时候没有电话更没有手机，出租司机在母亲忽东忽西地指引下开着车在小区转圈。当我家的电灯亮起时，正好经过外面马路的母亲一眼认出了房间，赶紧让出租车停下，自己下车到家了。

母亲不仅白天带孩子，还坚持晚上由她带，理由当然是我们上班太累了。为了充分利用房屋的空间，在小屋里为母亲摆放了一张睡觉用的床，旁边就是孩子睡觉用的婴儿床。到了夏天，我家房屋所在的底层之弊突显——蚊虫太多。白天还好，到了夜间就无孔不入，防不胜防。一天夜里，孩子的身上叮了几个疙瘩。我们去买来蚊香，母亲却不让用，说是蚊香的怪味会伤着孩子。而且认定婴儿床太小，放到里面会热着孩子。于是，她沿用了中国古已有之的方法——用扇子扇。一边扇着轻风让孩子凉快，一边晃动着扇子让蚊子回避。母亲把孩子放在她的床上，她搬了一条小板凳坐在床边，整夜地扇，不停地扇。

整整一个夏天，孩子没有再被蚊子叮咬过一个疙瘩。房间里没有点过一次蚊香，也没有开过一次电扇。我们的母亲，也没有在自己的床上睡过一分钟觉。

母亲与孙子

七十　听房

听房是流行于一些地方的民俗，与这本书本无关联。我要说的是母亲的“听房”，这与本书是相关的。

母亲在北京带孙子多年，常态是做事忙个不停，说话小心翼翼。非常态的是，有时候母亲会反常于平时，会做更多的家务，会比平时更加的忙碌，会更少地说话，会更多地笑脸。开始虽然觉得奇怪，但并未多想。一夜入睡后，我临时有事拉开房间门，发现母亲站在门口。我是一脸的诧异，母亲是一脸的尴尬。然后，各自回房睡觉。

慢慢地回想，才想到母亲不同于平时的“有时候”是与我们回房后睡觉的状况直接关联的。当房间里平安无事时，母亲就放心了，第二天也同于平时。如果房间里并不平静，或有争吵，母亲会是一夜难眠，第二天也就不同于平时了。母亲管了我的小，还在管我的老。给了我白天安定的生活，还要给我夜晚生活的安定。母亲的小心是为我而小心的，母亲更加的忙碌是在为我赔着小心。

这以后，我们也就更加注意了，知道了不仅不能在母亲面前让她感觉我们有矛盾和冲突，也不能在母亲背后让她知道我们有矛盾和冲突。不仅只是在白天让母亲感到我们的和谐和默契，在晚上也要让母亲觉得我们很和谐与默契。否则，母亲早上会更加早起，早餐会更加丰盛，房间会更加清洁，衣服会更多洗涤。母亲一天的忙碌会更加忙碌，说话的小心会更加小心。笑，也会更多地放在自己脸上。

这是谁也不能承受的。

七十一　撞伤

母亲不懂过人行道先看左边再看右边的规矩。一天，在去医院看病的路上，过人行道时被一辆摩托车撞倒在地。起身后，看到骑车人是一位郊区的农民，自己只是感到脚痛，以为没有大的伤害，就让他自行离开了。母亲坐在路边揉着脚坐了一阵后，一瘸一拐地走到了医院。到医院一照片却是“髌骨骨折”，需要住院治疗。

妹妹们找到了骑摩托车的农民，要求他承担医疗费和赔偿。农民在表示歉意后，同时表示自己家境困难。妹妹通过当地村委会了解到他家在村里确实属于贫困户，父亲早年离世，老母亲长期卧病在床，妻子精神有问题不能劳动，两个孩子还在上学，家里的收入主要靠他跑摩托拉私活。

但是，该他承担的责任不能免除。妹妹咨询了律师后到医院告诉母亲，让她安心住院治疗，养伤恢复。相关的费用律师会通过法律途径去追偿。母亲听完后半天没有说话，最后来了一句：“别再去找他们要了！”妹妹先是以为自己听错了，一分钱都要挣都要省的母亲怎么会不要该要的钱呢？交谈中，母亲缓慢地说出了她的心里话：“他们家这么穷，跑摩托赚钱也不容易，不忍心再让他来赔钱。”妹妹理解母亲的心思，但是坚持肇事者应该承担的责任是不能免除的。争执中，我们也都站在妹妹一边。母亲发急地说：“谁再去找他要钱就别来医院看我了！”我们只好当着母亲的面表示不再去找肇事者要钱了。

律师的追偿工作继续着，只是我们尽量不让母亲知道。过了两天，母亲就想到了还有律师这件事。就让妹妹把律师请到病房来，自己给律师说她不再找肇事者赔偿了，并且要求当着她的面把这件案子做个了结。大家无奈，只好当着她的面与律师解除了委托关系。

这次的受伤后果对于年逾七旬的母亲来说是非常严重的。即便经过治疗，出院后母亲的一只腿也留下了残疾。从此走路都踮着一只脚，后来逐步地发展到拖着一只脚走路，成了一位行动困难的老年残疾人。

七十二　走失

老年痴呆症的学名是阿尔茨海默病，临床表现中的记忆障碍、失语，视空间技能损害以及人格和行为改变等都不可怕，可怕的是这个病所定义的“一种起病隐匿的进行性发展的神经系统退行性疾病”。这句话的可怕之处在于包括老人本人都不知道自己得了这个病，可怕之处在于它早已经开始了“隐匿的进行性发展的神经系统退行”。突然有一天，老人就走失了！

2012年3月20日，我们的母亲失踪了！

早饭后，母亲照例去西大街市场买菜。这个市场离家的直线距离不到三百米，是母亲常来常往的地方。所以，谁也没有在意，谁也没有注意。母亲久久地没有回家，家里的四妹以为母亲顺路去了三妹家，因为这也是常有的事。临近中午该做饭了，才想起问问母亲回不回来吃午饭。电话打给三妹，三妹说今天上午母亲没有来过！全家顿时慌作一团，女儿女婿们倾巢出动，上市场、去公园、走大街、进小巷，还是没有找到。大家再回原路继续找寻中，增加了一个打听或者说询问的步骤，即见人就问“看到个老太婆莫得？”终于，一个在公园后门修自行车的人回忆起来，他上午看到一位老太婆在公园后面的荒草地里转圈圈，来来回回地走了很长时间。当时他以为是锻炼身体的，尽管看到她走得有些急乱，也没有在意也没有去问问她。再后来，就看到她往河边走去了！大家听到修车人的最后一句话如五雷轰顶，妹妹们都哭出了声。

大家一起冲往河边，但除了流淌的河水并无人影。转机出现在三妹的急中生智，“有困难找警察”的提示灵光一闪，立即拿出手机拨打“110”。“110”说今天上午有人打来电话，说一个老太婆在河边找不到回家的路，急得说不清楚要去哪里。我们出警后找到了她，但是仍然听不清楚她家在哪里，也不知道她的家人是谁。后来，我们把她送到县救助站去了。大家心急如焚，只恨自己腿短、三步并作两步地冲向四公里外的县救助站。

在县救助站工作人员的带领下，姐妹俩终于找到了失踪了大半天的母亲！母亲目不转睛地盯着摆在自己面前的饭菜，连筷子都没有动一下。急得通红的脸上写着沉重的绝望，饱含泪水的双眼夺眶欲出地在等待。母亲用自己的左手拉扯着自己的右手指头，双脚在放凳子的地面磨蹭出了两条粗大的白痕。认出自己的女儿后，母亲大哭一声，一下子扑进了女儿的怀抱。母亲的泪水像开了锅似地喷涌而出，在号啕大哭中像一个犯了错误的孩子。

母女三个人哭成了一团。母亲却始终低着头，不敢看女儿的脸。三个人擦着自己的泪水，擦着对方的泪水，妹妹们四只手擦着母亲的泪水。母亲喃喃地说着，像是自言自语，更像是自艾自怨："我没有去哪里，我没有做什么。"一遍又一遍。这一刻，女儿们清醒地意识到自己的母亲已经不是从前的母亲了，自己的母亲已经不再年轻了，自己的母亲已经不能再像以前那样照顾儿女们了，自己的母亲已经找不到回家的路了！这一刻，女儿们深深地认识到自己反哺母亲的时候到了，由自己照顾母亲安度晚年的岁月到了，让自己的母亲从今以后有尊严能幸福地生活是自己义不容辞的责任，更是自己光荣而神圣的使命。

从今以后，除了时时陪着母亲出门散心外，还专门为母亲雇用了一个保姆，要求她与母亲形影不离，其他任何事情都可以不做。从此以后，再也没有出现过母亲走失的情况，虽然母亲的老年痴呆症一天天地“进行性发展”。

母亲与妹妹们

七十三　保健

如果说母亲后半生吃的药不比吃的饭少，是一点也不夸张的。每天服用多种药，每顿服用一把药与她的日常生活相伴。然而，“扑炎痛”医不好她的风湿病；激素类药控制不住湿疹；全身贴满的膏药治不了关节炎；“二甲双胍”调不好她的糖尿病；硝苯地平降不下来她的血压；“多奈哌齐”减缓不了阿尔茨海默病；“阿普唑伦”服用后仍然通宵失眠。各种病的药交替、同时使用，严重时一种病二联，三联用药。看到母亲一把接一把地吃药，儿妇们痛心、焦心、担心，但也无计可施，只能顺其自然。

自然地，忽如一夜秋风来，神州处处开保健。公园里、街道边、居民楼下、步行道旁，站着各种推销人员，推出各种保健用品。推销人员“爷爷”“奶奶”一通甜言蜜语后，或以国家“长寿工程”活动赠送药品，或帮老人们全身按摩后继续各种免费体验，然后图穷匕首见地把他们包治百病的保健用品高价推销给老人。对于时尚，母亲向来是不缺敏感的。她跟着保健品推销人员听讲解、看视频，排队领鸡蛋，拍照试用仪器。不时地拿回些维生素、钙片或者经过包装的免费保健品，堆积在床前、柜中，塞满了每一个抽屉，堆积在每一处墙角。母亲深信不疑，虔诚之至。公园东门、西门、南门、北门四门活动门门在场，“红外线”“远红外线”“超短波”“超声波”，凡免费皆体验，有赠送才回家。

直至有一次，主办方把活动调整在清晨，美其名曰“开仓放粮”——十个疗程一次售卖，原价5380元只要3000元。而且挂出大红横幅，写着“先到先得，前十免费”的粗大字体。母亲凌晨3点钟就起床出发了，到了现场还没有开门。尾随而至的妹妹见状上前给门卫打招呼，不要开门放她这么早进去。母亲只得悻悻地离开。在晨雾中转了几圈后，母亲又回到了现场门口，混杂在三三两两等待的老人中。突然，一辆送货的汽车开来，门卫打开了大门。母亲从人群中快步冲了过去，跟随着汽车进到了还在黎明前黑暗中的现场。

临近中午，母亲悻悻然地回到了家中，两手空空。众人不解，问“还有比你去得更早的？”母亲说：“我排的倒是第一。但是他要我先交 2888 元的啥子名堂‘尾挨屁’会员费，他龟儿子把老子当傻子呀？”自此，母亲被推销人员列入黑名单，免费体验、赠送等全民保健运动的大门不再对她开放。

七十四　花鸟

母亲爱花，即便是在最困难的时候。割草时，顺手摘下几枝不知名的小花带回家，插在吃完药的瓶子中，给逼仄的小屋扩展出空间。上山时，用锹挖出几棵不知名的花木带回家，栽在缺了口的土碗里，给压抑的生活赋能出生机。

经济条件好转后，母亲能够为自己花钱的唯一记忆就是她买菜的同时买回来的花儿和小鸟。母亲买的花草，一定是市场上最便宜的大路货，母亲买的小鸟，也只会是市场上最普通的廉价鸟。尽管如此，买回来的花草和小鸟都会得到母亲精心地照顾。每天给盆里的小花洒点水，轻轻地去掉枯萎枝叶或者残花，用小手巾擦去花叶上尘埃。每一盆不名不贵的小花在母亲这里得到了最高的礼遇，也有了最大的尊严。它们都活得兴高采烈，完全没有了在花市中百花争艳时的自卑。它们都过得滋滋润润，被母亲怜爱成了公主。每天给鸟笼投放一小片菜叶，还有河边淘来的细砂粒拌着掉在桌上的米饭，小鸟在母亲这里得到了最高的礼遇，也有了最大的尊严。它们都活得兴高采烈，完全没有了在鸟市上百鸟争鸣时的自卑。它们都过得滋滋润润，被母亲宠爱成了王子。

一次，女婿为母亲寻回一对翠羽虎皮鸟，说是会学人说话。这下母亲来了精神，每天以坚果稻谷为主食，以果类蔬菜为辅料进行饲喂。水是自己都舍不得喝的纯净水，菜是当天采摘的新鲜菜。笼内设吊环，笼底铺细砂。天天都打理，日日都清洁。到了，这只珍贵的翠羽虎皮鸟也没如人所愿地开口说话，倒是每天都做出逃离牢笼的挣扎状。母亲见状，打开了笼子，让它们自由地飞向了天空。

随着住户条件的改善，阳台也宽大了，母亲养花的种类和数量也随之上升。阳台上下，窗台内外摆满了君子兰、水仙花、杜鹃花、桂花、梅花、一品红、山茶花、朱顶红，琳琅满目，应有尽有。家里的车也派上了用场，经常由女婿开车，去花市上装上满满的一车拉回去。坐在车上，母亲还怀抱着已经盛开的花，说是怕把花碰坏了。在一众花草中，母亲最喜欢的是水仙花，几乎成了她花园世界的标配。每年都要买，每次都会买。

为过年准备的花是需要计算好花期的，母亲会提前买回将开未开的花朵，待过年时节让它们争奇斗艳。但有时还会因为爱花心切，浇灌过勤，花儿等不及便提前绽放了。这时，母亲会再去花市用高于平日的价格买回花来，让花在过年时全家人团聚时绽放。

七十五　八十

母亲有记忆时从来没有记起给自己过生日。当她一天天忘事时，倒是她的弟弟和妹妹们每年都相约在母亲生日之际来看望她。

母亲八十大寿那年，正值孙儿高考。在征得母亲同意后，又和舅舅们商量，由我们几姊妹筹备，推迟到高考结束后为母亲举办一次生日庆典。届时，米氏家族上下四代近百人欢聚一堂，在县城的“诗仙堂”为母亲贺寿。

6月在川北刚入初夏，阳光和煦、空气温润。诗仙堂外各种野花都开了，红的、紫的、黄的、粉的，像绣在绿色地毯上的灿烂斑点。蜜蜂在花丛中忙碌着，辛勤地飞来飞去。山花和蜜蜂合力写出母亲色彩斑斓的一生、忙碌奔波的一生。

一大早，妹妹们给母亲略施粉黛，点缀淡妆。母亲穿上四妹从成都订制的水红色真丝衬衫和白色西裤，脖子上挂的是儿子从北京带回来的仙鹤白金项链，手腕上戴的是大姐从新疆购置的和田玉手镯，手臂上挎着三妹从苏州买来的绣有“喜鹊闹梅”的绢制提包。经过“衣装”后的母亲变成了活脱脱的老神仙，精神抖擞地在家族众人、亲朋好友、来客嘉宾面前亮相，自是欢喜与惊叹一片。

今天的天气也特别配合，知道这位老人的一生太不容易了。早早地，一轮红日就从山头喷薄而出，这在以阴湿为主的四川是不多见的。上午，太阳为照相提供了充足而适宜的光色，母亲在她的弟弟、弟媳、妹妹、侄儿、侄女、侄孙和儿女们的簇拥下来到诗仙堂前，坐在了第一排椅子的正中。两边的儿子、儿媳、女儿、女婿、孙儿、孙女、重孙儿、重孙女依次排开，簇拥在母亲的身旁。亲朋好友或坐或站，摄影师拍出了满满三排近百人的全家福。

正午，阳光透过玻璃照射在诗仙堂的桌椅和地毯上，也铺洒在餐桌上每一个人的脸上和身上。浓浓暖意，让亲人们感受到的是母亲给予后人们的厚厚恩泽。

生日庆典的主持人是老米家的小才女——母亲的侄女。这位师范大学训练出来的语文老师温文尔雅，字正腔圆，声情并茂，词到意达。当她宣布子女跪拜母亲大人时，由大姐牵头，姊妹们跪成一排，向母亲深深地跪拜。四妹的日记是这样写的："磕头的瞬间，抬头看到母亲白发生在头上，皱纹贴在眼角，慈爱写在脸颊，幸福涌在心头。"米老师让我代表姊妹为母亲的生日致辞。顷刻间，过往的岁月回到眼前，母亲的艰辛再次浮现。我不能自已，未曾开口泪先流，泣不成声味杂陈。后来，"致辞"收入《母亲在，家在》，其中的几句是被人摘入微博："有一尺布，必是孩子们的新装，留给母亲重重补丁；有几两肉，必是孩子们得实惠，余下母亲缕缕馨香。有一个鸡蛋，在饭锅中煮熟由孩子们分食；得一个水果，在桌上切开给孩子们尝鲜。"听着我的致辞，母亲也失声痛哭，泪湿胸前。但是母亲却不能再用语言清楚明白地表达她的所感所想，这使得我们更加难受和沉重。

午宴结束后回到家，母亲没有陪着她的弟弟、妹妹们聊天，而是去了自己的卧室。母亲把门反锁上，独自数着众人给她的生日贺金。舅舅提醒我们把钱给她保管好，但这时候的母亲对任何人都存有戒心。她把钱东放西藏，后来竟是在浴缸下面捡到。我们什么都想到了，想到了母亲的无私，想到了母亲的厚爱，她的藏钱一定是为了某个时刻的某个儿孙。但是我们谁都没有想到，这是早期阿尔茨海默病缠上了母亲。

从那刻开始，母亲步入她长达十年之久的病痛历程。从那年开始，舅舅、满孃等家人每年都会专程赶过来陪母亲过生日。舅舅说："二姐如母亲，是家族的丰碑。我们来看她一年就少一年啊！"

母亲八十大寿

七十六　上坟

晚年，母亲提出要回老家给外公外婆上坟。舅舅和满孃在老家安排了相关事宜，由四妹陪着母亲回到老家。

米家的祖坟坐落在自家老宅左侧的坡地上，依山而建，面水而居。周围有四季常青的松柏相伴，遍山有花草常绿日月陪同。母亲在四妹的搀扶下，拖着受伤的左腿一步步爬到坡上，刚进米家的墓地就失声痛哭。然后一步一移地依次到太祖、祖祖、外公和外婆坟前，长跪不起，且歌且哭。随行人无不泪下。母亲为先辈们奉上烟酒、面馍、香肠、水果，为每位先人烧了纸钱，表达后人的思念之情和孝顺之心。

祭奠完祖先后，专程赶回来的舅舅和满孃开始为母亲张罗另外一件事，即为母亲百年后选址和修墓。选址相对容易些，因为靠近米家的老祖宗是母亲的心愿所在，加之请来的风水先生也是本村人（当地叫“老寨子”，可能与当年防范土匪强盗有关，寨子四周都是高垒的石墙）。风水先生用他家祖有仙气的罗盘来回测度，再用鲁班尺精准裁量，伸手掐指一算，口中念念有词，为母亲选定了上可伺候祖宗，下能保佑子孙的风水宝地。要把这块宝地修建好待用，则相对有些难度。舅舅和满孃请来各路神仙——当地村组级（含）以上的主事者，在镇上的饭馆里摆了几桌宴席，附送烟酒若干，算是可以动工了。然后请石匠、请泥匠、请土工、请杂工，为母亲修建了一座置长板石料铺底，凿方柱石料砌壁，取厚重石料为盖的墓地，以待来日。

母亲最大的也是唯一的心愿就是回到老家，回到她的父母亲人身边。一生辛劳的她要为自己的父母再尽孝心，要向自己的亲人倾诉衷肠，也要把一生的辛劳卸放在家乡，此其一；其二是她晚年经常念叨的是“保佑我的儿女，保佑我的子孙”。母亲的心愿我们刻骨铭心，为实现母亲的心愿我们竭尽所能。提前定制了上等的棺材，提前探明了沿途的路线，提前准备了关卡的规矩，提前预设了多种方案。每当出现虚惊之险时，我们都预备好了运送的车辆。怎奈苍天也有无奈时，疫情竟然大于天。母亲走的时候，正是四川疫情最吃紧的时候。沿途关卡倍增，关关都有警察站岗。每车都得验证，每验都必须里外检查。最不可能跨越的是母亲老家的封路、封村、封山、封水。村村有门禁，寨寨有岗哨，人人看证件，个个查身份。即便我们能够一路上逢山开路遇水架桥，到了老家也是进不了村寨、上不了山坡的。万般无奈，我们只能先在当地悼念母亲，待疫情稍缓再送母亲回到家乡。

这是后话。当时的母亲在下山后，回到了生于兹长于兹的老寨子，走进了她出生和长大的老房里。没有人住的老房子已经人去楼空，年久失修的房顶上洞口大开，长满青苔的土瓦从房顶跌落在地面，一地碎瓦片。房屋里，老鼠和野猫神出鬼没，积水和污泥互生臭味。走出门外，看到老寨子的角落边的一家破房前坐着一位大娘。大娘系着一条有补丁也有破口的围腰，手里用稻草搓着粗大的草绳。走近时，大娘竟然先认出了母亲："这不是二姐吗！你几时回来的？多耍几天嘛！"俩人嘘寒问暖，共忆童年。老太太告诉母亲："寨子里的人家都去城里买了房子，都搬到街上去住了。没搬走的年轻人也都出去打工了，就剩我这个老太婆给他们守家。"

两位老人一通感慨后，母亲从衣兜里掏出两张百元的票子，放在紧握着的大娘手里。大娘千恩万谢，进屋去拿来十多个鸡蛋硬塞给母亲。母亲提着这份沉甸甸的故土旧情，回城后转送给了舅舅。

七十七　久病

八年前的一个深夜，躺在床上的母亲要上厕所。此时她已经不能自己行动了，所以我们为她请了保姆陪睡在同一房间。母亲没有叫醒睡梦中的保姆，也没有打开电灯，而是自己想从床上下来上卫生间。谁知刚爬到床边就从床沿上掉了下来，摔倒在床边的地板上动弹不得！一声巨响惊醒了众人，大家七手八脚地慌忙把母亲从地上扶起来。母亲不停地呻吟着，疼痛的汗水从脸上往下流。当医生的妹妹初诊为骨折，立即叫来救护车送往医院。经检查，确认为股骨颈骨折，需要尽快手术。当天上午就由医院的骨科主任为母亲做了手术，然后在一个单人病房住了下来，妹妹们不仅通宵陪伴在医院，还专门为母亲请了两名轮班护理的护工。

术后清醒过来的母亲躺在病床上转头绕着病房看了几圈，又向护工打听了护理的工钱。然后，就把我们叫到床边要马上出院。我们当然不同意，缠持到中午时，母亲自己拔出输液的针头，挣扎着就要下地。我们赶快把她按住。与医生商量后，只能把母亲接回家中照顾，请医生到家里来换药。回到家里的第二天，母亲就拄着两根拐杖，由妹妹和保姆搀扶着，在楼下的公园里慢慢地移动着脚步。歪打正着，母亲超乎常人的坚强和过分的节俭让她有效地避免了老年人股骨颈骨折后因骨质疏松可能产生的骨折不能愈合、股骨头缺血坏死和塌陷等常见的严重后果，较快地恢复了行走的能力。

新冠肺炎疫情开始以来，母亲又因糖尿病并发肺部感染送到医院进行抢救。住院期间一直高热不退，蛋白急速下降。妹妹多方求助，医生全力施救，插上了胃管、尿管，用上了当地所能用的各种药物，终于把母亲从病魔手中夺了回来。

回到家里，疫情一波紧似一波。家中除了老人外，还有妹妹刚出生不久的第三代小婴儿。出于易感人群的考虑，联系了当地的护养院，说是既能看病还能护理，医保费用还能报销。看上去是一个很不错的去处。

但是，在老人心中，任何看护都不如儿女绕膝，任何环境都不及家中熟稔。这也是家庭养老在人类社会盛行几千年的根本原因，也是亲情对于老年人不可取代和不可或缺的精髓所在。妹妹竭尽孝心，担心易感人群集中在养老院中的叠加风险，去专业供货商那里买回了医院专用的升降病床，购买了全套插管进食和换药等一应俱全的医用器具和药品，在家里开启了全程亲情护理模式。妹妹的精心照顾使母亲能够一直生活在自己生活了多年的家里，能够在自己子女的全程照料和陪护中坚强地为我们活着。

躺在家中病床上的母亲一直带管生存。每天由妹妹给她做血糖检测和胰岛素注射。每天上午穿好衣服后就搀扶她扶着下床，靠坐在轮椅上在家中看着小孙儿的嬉闹，听着大家的聊天，旁观着大家吃饭。再后来，糖尿病并发了脚后跟溃烂，母亲慢慢地下不了床了。长期卧床，褥疮也缠上了身。妹妹和保姆每天都为她擦洗、清洁和换衣，隔三岔五、兴师动众地为她洗澡，有效地延缓了疾病的进程。随着溃烂面逐渐扩大，修剪腐肉时母亲忍不住发出“哎哟哎哟”的叫声，妹妹每次都泪在眼中痛在心中，一遍遍停下来、一遍遍再开始，每天都在心理的煎熬和身体的疲惫中坚持为母亲把药换完。

再后来,妹妹给母亲买来了利多卡因,使母亲的病情和疼痛略有缓解。然而,每次清创就像揭开伤疤撒上盐一样的痛苦和难受,对母亲、对妹妹、对我们每一个亲人都是如此。

七十八　血糖

阿图·葛文德是《时代周刊》2010 年全球 100 位最具影响力者中唯一的医生。“无须同临终老年人或处于生命末期的患者相处太长时间，你就可以本能地意识到，医学经常辜负其本应帮助的人们。”身为哈佛大学教授的这段话很专业。陪伴着母亲晚年的妹妹们虽然不很专业却很专注；不是“意识到”而是经历过。

2010 年 5 月 17 日，母亲如同往常吃过早饭就往三妹的服装店走去，一是“饭后百步走”，二是惦记着服装店的衣服不被人顺走，多一双眼睛去看着。还有一个因素是把从自己少吃几口的早餐中省下的鸡蛋、玉米和馒头等小件用纸包着，给开着店的三妹带过去，让她在店里忙中偷闲吃下几口。在店里待了大半个上午，母亲便急着回去做午饭了。母亲如同往常往家中走去，三妹这次陪同着。

到了家里，母亲似不同于往常——面色苍白、浑身冒汗。三妹用干毛巾给她擦去汗水，端来一杯开水晾在旁边。母亲惦记着服装店，对三妹说：“回去吧，我躺会儿。”三妹把母亲扶上床躺好，母亲似乎瞬间就入眠了。三妹整理了一下被子，转身离开时习惯性说了句“妈，我走了。”然而却没有听到母亲习惯性的回应。连忙再喊两声，仍然没有动静，就扯着嗓门大声喊叫：“妈咪！妈咪！”还是没有反应。双手使劲摇晃母亲，仍然没有反应。一种不祥的预感袭上心头，如遇山崩地裂，如遭晴天霹雳。三妹立即拨打四妹电话，泣不成声：“妈不行了，叫不醒了。”四妹接到电话，深感事态严重，马上拨打“120”要求出诊，接着就从医院往家赶。考虑到母亲长期的高血压病史，担心颅内出血，就立即电话脑外科主任请他尽快出诊。四妹赶到了家，母亲已经呼叫不应、呼吸缓慢、脉搏微弱、瞳孔放大，处于深度昏迷状态。随即赶到的急诊科主任、脑外科主任迅速检测：血压偏低，血糖 2.9mmol/L。立即推注高渗葡萄糖 50ml，并建立静脉通道，输入葡萄糖注射液。10 分钟后，母亲自己侧了一下身，慢慢地有了动静。母亲睁开眼睛，看着一屋子的人问："你们做啥子？"医生说刚才你睡了一觉，现在跟我们去医院做个脑部检查。万幸的是，医院的一系列检查排除了脑溢血和冠心病。母亲从这次的险情中转危为安了。

后怕中的妹妹惊魂未定，四妹尤其自责。结合母亲回家途中大汗淋漓，躺着时四肢无力等症状，得出了母亲早餐进食不足叠加降糖药用量过大的结论。回到医院后就第一时间去向内分泌专科医生请教，重新调整了糖尿病的用药量。妹妹们痛定思痛，把母亲服用的药物按照每次的用量分别装在不同形状和颜色的小瓶中，小瓶上贴有周一到周六的小标签，每天都按时按量拿出来给母亲服用。同时经常性地监测母亲的血糖，动态性地调整药品种类和服用剂量。还在母亲经常活动的地方放上些饼干和坚果、让母亲不时地补充热量和能量。由此，从根本上避免了此类事件的再次发生。

七十九　血压

到了晚年，我们每天都会听到母亲说她口苦、口干、口咸。我们都以为她是上火了，就给她买清热降火的中成药，也增加了日常生活中的水果和蔬菜。然而，效果并不明显。原来母亲的血压和血糖都已经升高，尤其是血压。

母亲带着我们的时候，国家处在经济困难和欠发达时期，经历过多年的自然灾害。家庭的变故犹如雪上加霜，家庭的经济一贫如洗。在四妹嗷嗷待哺时，母亲的奶水严重不足。为此，母亲先是去山坡上挖野菜，拌上细谷糠，撒上几颗碎米，熬煮成黏稠状糊粥喝下肚里催奶。事与愿违，这种没有一滴油水的“糠咽菜”不仅未能催奶，反而在胃肠道停滞不前，十几天都只进不出，通过肠道运行后形成“羊子疙瘩”，想让它下来会让人痛苦万分。只有借助肥皂条打湿后通便，那更是一种不堪忍受的痛苦。

知道鸡汤、鱼汤、蹄花汤下奶，但对母亲毫无意义，母亲只能另辟蹊径。受“奶水”二字的启发，便拼命地喝水来充饥并下奶。同样，灌了一肚子白开水，却仍然没有多少奶下来。家里唯一值钱的食物只有食盐，母亲也认为食盐是有营养的，便开始在白开水中加上少量的盐。虽然白开水的口感略有改善，但奶水的增多还是不甚明显。母亲继续加大盐量，期盼盐水在自己身体里过一遍，能留下营养变成奶水给幺女续命。时间一长，在没有营养的盐水刺激下，母亲的口腔起泡、满嘴溃疡。母亲一小口一小口地把盐水含入口中，在盐水刺激到溃烂的口腔黏膜产生的钻心疼痛后，再无比痛苦地吞咽下去。为了能以盐水换奶水，母亲一直坚持着（国家也一直配合着。盐巴是那个年代唯一不要票证就能购买的副食品，而且长达数十年没有价格波动，永远都是一角七分钱一斤）。这样周而复始的恶性循环，口腔黏膜久久不能愈合，最终导致母亲口腔黏膜的味蕾被破坏，喝着盐水却感觉不出来咸淡。即便后来不再喝盐水了，但却留下了终生不可逆的口重、口咸的味觉，也形成了多盐饮食的习惯。

随着晚年的到来，在新陈代谢功能下降的同时，盐中的钠离子在体内持续作用，使血液晶体渗透增加、血容量增加、血管收缩、血管后负荷增加，高血压就找上门了。同时，年轻时营养不良使血管失去弹性，高血糖和高血脂也相伴而生。这些早年生活种下的病根，终于露出了狰狞的面目，无情地且一刻不停地折磨着我们的母亲。

八十　纸片

母亲的老年痴呆和行动困难不可逆地发展着，但她还是在家里待不住。每天吃过饭，就让保姆推着轮椅出去转悠了。在来回的路上、在公园的树下，发小广告的人无处不在。母亲每次都会收下这些人发的广告，并且把它们都带回家来。母亲把带回家的广告纸片存放在一起，每天都会增加一些。每隔几天，母亲就用绳子把它们捆起来，放在床底下或者柜子顶上，很快就把这些地方塞满了。妹妹们知道这些东西是没有用处的，但是已经没有办法给母亲说清楚了，只能隔一段时间偷偷地扔掉一些。我回到家中，看到母亲每天把这些纸片带回来也没有办法阻止她，只能无奈地摇头看着母亲的这一另类收集，然后找机会处理掉一些。

在我要离开家的前一天晚上，母亲慢慢地摸进了我的房间，一手提着从她的柜子里面拿出来的一捆广告，一手捏着一叠软薄广告纸片裹成的一个纸卷。母亲把那一捆广告放进我的行李中，又把那个纸卷塞进我的手里。这时我才明白过来，原来母亲是把这些纸片当成了钱，每天收集，积起来等我回家时拿给我。

在我回家的日子里，一位友人前来相聚。给母亲带了水果、坚果和糖果，还给了母亲一个红包。闲聊中，我们把水果给母亲，她放回茶几上。把坚果和糖果放在她手上，同样被她放了回来。把红包给她时，她却拿在了手上，而且一直拿着。当我到她面前时，母亲轻轻地碰了我一下，然后把红包递给了我。

八十一　助学

90 年代末，母亲在北京带孙子。老家人来信说她大姐的大女儿的女儿，也就是她的外侄孙女高中毕业了，没有工作，希望母亲能在北京给她找个工作。母亲看完信后流着泪对我说：“你大孃命苦，得病死得早。你表姐从小没有娘，生下侄孙女没几年，男人又从山上摔下来死了。我们应该想办法帮帮她。”在母亲的督促下，我托朋友在北京的一家饭店给她找了一份收银员的工作。

接着，母亲给她寄去了来北京的车费，让侄孙女尽快到北京来。侄孙女到后就去了那家饭店上班了。两周后休息时，她到家里来吃饭。聊起来才知道，她是已经考上大学的，只是因为家里没有钱才没去上学。得知这一情况后，母亲和我们都感到惋惜和难受，叹息生活的残酷，也愤然命运的不公。

侄孙女回去饭店上班的当晚，母亲就来找到我商量。先是一把鼻涕一把眼泪地诉说大孃的悲惨，又深情款款地回忆她们姊妹的情谊，尤其是大孃在家里的劳累和对她们几个弟妹的关照，然后说要拿出自己的退休金来帮助她回去上大学。母亲的意思很清楚，就是要我们来负担让侄孙女回去上大学的全部费用。我们知道母亲说得在理，也理解母亲的心情和想法。但家家都有一本难念的经，毕竟四年大学的开支不同于一次性的救急资助，就说容我们商量一下。此后的几天里，母亲每天都念叨这件事，每天都催我们做出决定，每天都说要先用她的退休金让侄孙女回去上大学。在母亲急切的逼压下，我们几姊妹同意承担她大学四年的全部费用。母亲听到后非常高兴，当天就要我去饭店把侄孙女带回来，马上坐火车回去上大学。我到饭店抱歉地向老板说明这个情况。老板觉得很突然，也感到为难和不舍，一是临时找不到人顶替，二是觉得她干得不错。但毕竟都知道读大学是一件大事，老板同意放行后还赞助了一笔学费。

回到家中，母亲让我给她买好了回去的车票，给足了第一个学期的入学费用和生活费。上火车前，母亲又从自己的退休金中拿出一卷钱塞到她的行李中。侄孙女回去后顺利地报到上学了。此后每学期开学前，母亲都会过问我们汇款的情况，也会在汇款时加上她的那一份心意。在母亲的念念不忘地牵挂和督促中，在大家的共同帮助下，侄孙女顺利地读完了她的大学。

后来，侄孙女一家多次到家来看望生病的母亲。在与母亲最后告别时，他们一家老小八口人都专程赶回老家，送别母亲最后一程。侄孙女在母亲的墓前长跪不起，泣不成声。一遍又一遍地哭诉："没有二姑婆，就没有我的今天。"

八十二　运动

母亲一生爱劳动，用以养家；母亲晚年爱运动，用以养身。

母亲从北京回老家后开始运动锻炼了。母亲的运动锻炼一不进健身房，二不请健身教练，也就是说是以不产生任何费用为前提的，此其一。其二是雷打不动、风雨无阻，一直坚持，从不中断。

早上，东方初曦，母亲轻轻地爬起床来，穿上衣服就不声不响地出门了。过集市、穿街道，从太白公园后大门进入公园。贯穿公园的昌明河哗哗流淌，晨练者用音响放出节奏明快的动感音乐，大妈们扭动着腰身跳着广场舞。母亲不歌不舞，而是加入到绕着河道走步的人群中，穿过曲径通幽的七曲桥，绕过“铁杵磨成针”的洗衣石，沿着杉树垂柳的河岸小道，进入光绪年间为知府蒋德钧树立的德政坊，再前行几步又转入七曲桥。母亲一圈又一圈地走着，即便是在深秋和严冬也要走出一身大汗。母亲一边走路，一边舒展双臂。在吐故纳新的转换中，幸运地感叹："这里的空气真好！"

热身活动后，母亲会再次回到七曲桥，然后沿河下行百余米，在太白桥下做起了自己编排的健身操。先是甩手——左三下、右三下、前三下、左右再三下。手到口到，节拍来自嘴里念出的"一、二、三"。然后拍打——从双臂到双腿，从前胸到后背不间断地拍打。同样是手到口到，节拍来自嘴里念出的"一、二、三"。

最后是一个正规的竞技体操项目——单杠。不过器材并不正规，是母亲发现河边有一颗茂盛的杨柳树，一根粗壮的树干横出数米，人们因势利导地把它用作了单杠。母亲走过去一跃，双手十指紧扣树干，双脚弯曲脚掌离地，身体拉起下巴过杆，一个土法上马的引体向上动作就完成了。"一、二、三……六、七、八"，这样的高难度动作母亲坚持了四年。

熟人路过，叫声"米孃早，又碰到你了。一个人啊？"母亲笑答："儿女都很忙。我把身体锻炼结实，莫害病，不给他们添麻烦。"

八十三　老友

母亲有一些老友，结识多年，往来多年。既在家乡有故知，也在他乡遇故知。

四妹刚参加工作时，母亲专程去了一趟县城，找到了多年前穷交的好友任姐。任姐母亲早年过世，父亲是蔬菜公司的师傅，做得一手好粉丝。老父为人厚道，一个人把两个女儿拉扯大，都在县城里安家立业了。早年，母亲看到没娘的两个女儿穿着脏破的衣服，就经常为她们浆洗缝补。现在，自己的女儿初到县城，无依无靠，母亲就想到了任姐。多年不见，任姐见到当年像妈妈一样照顾过自己的母亲欢喜异常，买肉杀鸡盛情款待。分别时，母亲拉着任姐的手久久不放，两眼饱含泪水，千拜万托地请任姐关照初来乍到、举目无亲的四妹。任姐自是念旧的人，每个周末都会把四妹接去她家吃饭。有一次，四妹觉得不好太麻烦别人，就借故没有去。事后任姐说这次是她父亲的生日，只是怕四妹花费就没有告诉她，他父亲为此还很伤感。母亲知道原委后，批评了四妹，叮嘱她："要尊老爱幼，要懂得感恩。"年关将近时，母亲专门来县城请任姐和她父亲及全家人坐火车到家里，用丰盛的年饭，备上好的年货，既为任伯伯补过了一个生日，又让两家人团了年。

在更早的岁月里，在母亲走投无路的时候，一位姓杜的女工与她结为闺蜜。杜家当时也是一贫如洗，家中四个孩子嗷嗷待哺，两个命运相似的母亲相互鼓励，相互帮助，结下了深厚的情谊。相同的遭遇、相似的命运让她们抱团取暖，相互帮衬。我家揭不开锅时，杜家从她锅里匀出米饭端过来。她家食不果腹时，母亲也会送去刚出锅的饭菜。到了老年，母亲常常念叨杜家，想再会老友。为此，我们开车前往故地，但却早已物是人非，没有人知道这位当年的女工现在何处。最后，我们通过当地派出所，才查到杜家现在的住址。两位阔别四十多年的故人终于见面了。两位老人相拥而泣，呼唤着对方的名字，回忆着那不堪的岁月，抚今忆昔痛诉相思。离别时，两位老人更是老泪纵横，难舍依依，相互约定十年后再相见。后来，这个约定在另一个世界“兑现”了。

母亲在北京的时候，与邻居王阿姨相处投缘。王阿姨是位退休老师，也是来北京给自己女儿带孩子的。母亲回老家时，王阿姨来送别，母亲给她留下了老家的电话。一年后，母亲接到王阿姨打来的电话，说她们全家出来旅游，要来涪城看望母亲。母亲非常高兴，提前做好了各种准备，让王阿姨全家在我们家食有特色，住如归家，女婿开车全程陪同。两个老人像阔别多年的姊妹，诉说衷肠，互道珍重。

八十四　扶贫

满孃家在涪城的日子安定后，与母亲的聊天中说起了周大娘（母亲上坟时在老寨子中偶遇的那位）家的困境。“造孽哦！（四川人说某人‘造孽’不是谴责这人干了什么伤天害理的事，而是表达对这个人不幸境况的同情和怜悯，也可能暗含有对其不幸之因的谴责）她女儿在城里打工时被车压了（出车祸的意思），断了一条腿后就回到家里。现在两个人都莫得钱，是老寨子里最穷的了。”母亲沉吟了一会儿，流着泪说：“太造孽了！你给周大娘写封信吧。让她女儿到我们这里来，我给她找个事情做。”

很快，周大娘的女儿就来了。母亲让满孃的二女儿带着她去一家熟人开的火锅店打工，做一些力所能及的事。虽然收入不高，但有了一份稳定的工作和固定的收入，也在一定程度上缓解了家里的贫困。几个月后，母亲又为她在河边租下个摊位，经营烧烤。周家女儿把周大娘接了过来，两人一起经营着烧烤摊，收入自是高于在火锅店打工。后来，城管开始城市治理，取缔了街边的摊位。母女俩又没有了工作和收入。母亲让她俩人先在我家暂住，自己再想办法为她们找事情做。

几经周折，听说银行楼下有一家烧烤店正在转让，母亲就让四妹去找到银行管事的人，要把这家烧烤店给周家母女租下来。四妹托人走关系，总算在一番周折后租下了这家烧烤店。但是，周家母女却拿不出钱来交上必须预付的租金。母亲得知后，又要拿出自己的退休金为她们垫付。最后是两个妹妹凑钱垫付了这笔租金。

开业后，母亲时常到烧烤店走动和帮忙。一边与周母叙旧，一边帮她们串豆腐干、排骨、韭菜等烧烤食材。偶尔，母亲也会在口渴时喝上一瓶汽水或者一杯啤酒，或者饿了时吃上几串烧烤。走的时候，母亲从钱包里摸出钱来，放在桌子上。周家人当然是不能接受的，母亲对她们说：“做生意很不容易，我来凑凑人气。不收，我就不来了！”

八十五　命运

“命运太绝了！”这是我母亲说的话。命运把母亲和我们几姊妹都推上了绝路。不同的是，母亲是有路可逃，还可以绝处逢生。我们却是存亡绝续，只余下绝人之路。如果说一个人义无反顾，我不下地狱谁下地狱，人们会敬他是条汉子。那么，如果一个人，一个女人的义无反顾，她的下地狱不是为了自己或者自己的主义，而是自己既可以反顾、可以不下地狱还可以有自己和自己的主义，却睁着眼睛往火坑里跳，为了儿女的生死存亡义无反顾地下到地狱，这样的一个女人应该是汉子中的汉子吧！

母亲不仅知道命运的残酷，还心知肚明命运的转机。这正如爬上了岸的母亲再跳入大海，只是因为还有浸泡在海水中的儿女。也如同从虎口中挣脱的母亲再入虎穴，只是因为还有遗落在虎穴中的儿女。母亲跳进了海里，深入了虎穴，“经历了非常多的艰苦曲折，一般人不愿忍受的痛苦”。母亲用损耗自己的生命来延续儿女的生命，用牺牲自己的幸福来换取儿女的幸福，用毁灭自己的痛苦来减缓儿女的痛苦，用摧残自己的身体来助力儿女的成长。“如果光顾我自己，怕受折磨，去寻找享受自己幸福，那当然对于我，比现在好。但你们是不可想象了”。

是的，母亲！“我们是不可想象的。”或者，我们是可以想象的：我们会流落街头，我们会飘零他乡，我们会无家可归，我们会无人照管，我们会居无定所，我们会食不饱腹，我们会衣不蔽体，我们会沦落边缘，我们会堕落失范，我们会坠入深渊。我们会……“我们是不可想象的”，我们是不敢想象的，我们是不能想象的——“假如你不曾养育我，给我温暖的生活。假如你不曾保护我，我的命运将会是什么”？

冯梦龙在《警世通言》中说：“吉人天相，绝处逢生。”我们不是吉人，也没有天相，但是我们有贞高绝俗的母亲，所以我们也能绝处逢生的，我们也都绝处逢生了。母亲最大的心愿“是想我们五娘母的不幸遭遇得以改变”，是要把“其他一切留给我自己承担”，是要“用全部精力、心血与泪水抚养你们出社会，做一个有理想、有抱负的人。”这便是母亲的“满足、安慰和幸福了”。

母亲，我们深知：您是用自己的生命、身体和心血换来了我们的满足、安慰和幸福。我们现在唯一能做的，就是用我们的生命、身体和心血来满足母亲“最最大心愿”，来回报母亲的牺牲、悲苦、折磨、疼痛于万一。

八十六　阅读

和煦的阳光随意地洒在大地上。一扇陈旧的木门前，母亲坐在一条木板凳上，戴着或者不戴着一副同样陈旧的眼镜，也许是平光镜也许是老花镜。双手捧着一封来信、半张报纸或者是一份学习材料，一字一顿地读着。一半的字认得，剩下的一半或者认不得字，或者读不对音，但里面的意思还是知道个八九不离十的。

母亲的阅读习惯是通过读信养成的。我们小的时候，母亲读的是舅舅写给她的信，这些信是她的精神支柱和生存支撑。每一封信，母亲都不会只读一遍，也不会只读于收信时。母亲会经常性地读，随机性地读，反反复复地读，从中得到力量和安慰。我们出去上学和工作后，母亲又以同样的姿势、同样的方式读我们的信。

她一字一顿，半对半错，声音时高时低，情绪时忧时喜所形成的阅读场景和阅读效果十分特别，具有强烈的感染性和感召力。

当我写《母亲在，家在》这本书的时候，一直是把母亲作为阅读对象来推进的，一直想象着母亲读这本书的场景：母亲笼罩在和煦的阳光下，坐在我做的小木凳上，戴着老花眼镜，一字一顿，半对半错，时而热泪盈眶，时而破涕而笑。边读边点头，边读边摇头，边读边骂娘，边读边夸奖。读到我的褒扬时，母亲会夸一声“是个好人”；读到我的贬损时，母亲会骂一句“花脚乌龟”。

越到书出版的临近，我设想的阅读场景就越清晰，我期盼的阅读效果就越真切，我等待的阅读渴望就越强烈。当出版社的第一包书到来时，我第一时间给家里寄了回去。然后，就等着听闻母亲阅读的场景。然而，天不遂人愿——家里收到书的时候母亲已经失去了阅读能力，尽管此时母亲的阿尔茨海默病还不算太严重。母亲还相对清楚地知道这是我的书，还可以大大概概地说出“这是我儿子的书”。但是，母亲不再知道这不仅是儿子的书，还是儿子写的书。不再明白虽然儿子写过许多书，但这是儿子写的第一本也是唯一一本写她的书。

仅仅感觉到“这是我儿子的书”，母亲在相当长的一段时期里就为此非常地忙碌。谁读后就放在客厅里或者沙发上，母亲看见后都会马上收走，放进我书桌下的那一堆书里，还一边含混不清地申明“儿子的书”。来了客人送上一本，刚放在来人身旁就被母亲收走了，还是那句含混不清的申明：“儿子的书。”

八十七　通话

母亲带大孙子后回到四川，不时会给北京的家里打来电话，问我一些情况，闲聊几句家常。刚回去的头两年电话不多，一般每个月会来一两次电话。后面来电话的间隔逐渐缩短，频率逐渐增加。到最后来电话从每周一次到三两天一次，到每一天一次。

母亲电话的内容是固定不变的：吃了没有？你忙不忙？家里人都好吧？你要注意身体！有啥子东西需要莫得？母亲几乎每次都是重复这样的话语，渐渐地我有些不耐烦了。我的不耐烦是不加掩饰的，所以母亲就直接感受到了。感受到的母亲并没有不再打电话来，而是每次打电话来都明显地紧张了，通话的时间也明显地缩短了。在最后的一段时间里，母亲在电话中的声音都变得异常的紧张，生怕自己说不清楚，生怕自己说不完话，生怕我挂电话，生怕我不说话。母亲每次打来电话都是很不容易的，因为僵硬的手指、浑浊的目光、电话的键盘都让她的拨打需要许多遍过后才能接通，或者得请家里的其他人帮忙拨通后她再与我说话。接到电话的我早已熟知母亲在电话中的几句话，在听完母亲紧张战栗的话语后，便一口气地说完“都很好、我很忙，啥子都有。”“好、好！那你一定要注意身体哟！”母亲紧张地说完，迟疑不舍地挂断了电话。我明显感觉到母亲的话筒放在第一个键上的迟疑，明显地听出了母亲的话筒放在第二个键上的拖延。

突然有一天，感觉过了一个多月了，母亲怎么没有来电话呢？打电话过去问妹妹。妹妹说，母亲说不清楚话了，已经不能打电话了！

天啊！这是老天你给我的惩罚吗？悔将泪眼向南开，无尽怨恨望里来。老天啊，你能换个别的方式吗？我还有许多话没有跟我母亲说，母亲还有许多事没有教会我去做。我还有许多苦痛没有向母亲倾诉，还有许多愁怨没有让母亲释怀。我还有许多暗礁需要母亲来探险，还有许多水火需要母亲来救难。我还有许多罪没有向母亲赎，还有许多福没有让母亲享。

苍天啊，如果您让我妈妈说话，我愿意每天二十四小时每年三百六十五天都紧握电话，永不挂断、永不放下、永不沉默、永不停顿。我愿意分分钟听到母亲的声音，愿意秒秒钟向母亲诉说衷肠。

人们只痛惜“子欲养而亲不待”，你可曾知道“子欲诉而亲不应”，你可曾体验“亲虽在却不能言”？你的痛苦无人分担，你的喜悦无人分享，你的失落无人安慰，你的成绩无人欢颜，你的亏空无人填充，你的盈余无人收藏。你的母亲只能看着你，你的母亲已经读懂你。你的妈妈本要宽慰你，你的妈妈本想安抚你。

早知今日母不言，悔不早日变杜鹃。

八十八　暗伤

机缘巧合，我居然得到一本破旧的《汉语成语小辞典》。在没有书读的年代，得到这样一本书真就是如获至宝了。很快，我就读完了。很快，我就背完了。如同刚习武的新手，总想找个人比画两下，也为显摆，也为验证。但在当时，既无学可上，又无文可作，英雄竟然没有了用武之地。唯一的可用之地是写信。这得益于碗厂是最基层的工厂，工人们的妻子绝大多数都是乡下的农民，家小也都远在数百里外的乡下。除每年一次的探亲假外，信件成了他们联系沟通的唯一载体。但工人们也大多不识字，所以我们很小就承担了帮他们读信和写信的任务。但是，仅仅给乡下的农民写信是无论如何也消化不了这许多成语的。于是我想到了给长者写信。

长者是文化人，足以消化任何成语，说不定还多多益善呢！再者，长者总让我们吃尽苦头，理所应当承受得了任何成语。

于是，我就以母亲的名义，以成语的汇集给他写了一封信。以心猿意马、见异思迁、信口雌黄、背信弃义等为一组，谴责他抛妻弃子，是当代的陈世美。以杯水车薪、锱铢必较、画饼充饥、嗟来之食等为一组，指责他给孩子的生活费少得可怜，不足挂齿。以食言而肥、乞哀告怜、两面三刀、出尔反尔等为一组批评他从不按时寄来孩子的生活费，让两个小孩每月都要偷爬火车，日夜讨要那几块钱。以乐极生悲、洁身自好、玩火自焚、回头是岸为一组，奉劝他改邪归正，悔过自新。这封信从写作到寄出是母亲完全不知道的。于我而言，不过是牛刀小试，在嬉笑中发泄一下自己心中的郁闷，展示一下自己的才艺。我没有收到他回信的预期，如同我们从来都不可能指望他按时寄来那几元钱一样。我也几乎没有把这封信当回事儿，把信从邮局寄出去后就忘了它。

反常的是，居然收到了长者的回信，而且是在极短的时间内——差不多是他收到信、读完信就回了信并且寄了信。拆开这封信后，看到里面的内容和写法完全就是针尖对麦芒——以成语说成语,用成语骂成语。于我而言,这又是一件极好玩的事儿。于是,我把它读给了母亲听:以班门弄斧、拾人牙慧、鹦鹉学舌、自不量力等为一组,指责和贬低母亲的来信和信中所用成语。以庸人自扰、生吞活剥、目不识丁、自食其果等为一组,教训母亲要改弦易辙、好自为之。用出乖露丑、失魂落魄、弄巧成拙、覆巢无完卵等为一组来威胁和恐吓母亲。

我本来以为这同样是一件好玩的事儿,便在笑声中通读全信并且解释了那些成语的意思。此前,我已经强调性地说明了是我以母亲的名义、用我新学的成语写去了一封用成语责骂长者的信。长者的这封信不过是对我的成语信的回信而已。谁知母亲并不这么想,当场就失声痛哭,满腹的委屈和愤怒:我把你们几个短命的给他带到起,没有得到他的一句好话,反而写信来这么骂我!我反复对母亲解释:他不是骂你。他是骂写信的人。他知道那封信不是你写的。他骂的是我。然而一切都无济于事,母亲的痛哭并未因我的解释而破涕。

就算是我的一次无心之过吧。

八十九　情怀

母亲这一生，被一场婚姻拖进人间炼狱。吃尽千宗苦，受遍万茬罪。对于长者，必记千般仇，定怀万分恨。当尘埃落定，母亲舔着血的伤口，带着我们一天天长大。当不期而遇，母亲强压剧痛，沉静大气，境界崇高。水击三千，扶摇九万，非蜩与学鸠所能及也。

第一次，是在利州的公路边小店。母亲和我走得累了在店中小坐。小店门口南来北往者，皆为路人。偶然，母亲抬头看了看门外的行人，低声对我说："这不是他吗？"我从人群中辨认出了长者，看着他从门前走过，看着母亲对他的全程目送。没有招呼，没有交流，没有纠缠，没有吵闹。母亲的目光是追忆的，泪水是强忍的，心潮是起伏的，面部是五味杂陈的。

第二次也是最后一次，是为了二妹不幸车祸的后事，双方需要面对面地坐下来交谈。身为晚辈，不敢置喙，实录留存：母亲先到，然后长者进来了。母亲没有坐下，而是拿起茶杯，给长者倒满了开水，轻声道："水有些烫，等会儿再喝。"长者点头，示意母亲坐下。轻轻坐下的母亲，双手平放膝上，身体略微前倾。低着头思忖片刻，抬起头转向长者，问了一句："身体好吗？"少顷，母亲端起茶杯，双手捧着递给了长者。此前，母亲曾经明确地恳求过长者，在儿女面前不要提让他们伤心的事。谁曾想，会谈开始后长者的第一句就让子女们伤心欲绝。

如此的伤害，终生的毁灭没有让母亲执念于他的过，记住的仍然是他的好。母亲常常对我们说，虽然他抛弃了我们娘儿母子，但他在我面前从来没有说过一个脏字，在我面前从来没有动过一个指头打人。这便是母亲的格局，这便是母亲的境界，这便是母亲的情怀，这便是母亲的伟岸。苍天在上，高下立见。恩怨是非，臧否自便。唯有母亲的人格和母亲情怀，高过丛山，宽过大海。给我们播下了善良的种子，给我们扩充了宽容的胸怀。这种子，将一直茁壮生长在我们的心田。这情怀，将永永远远丰裕充盈在我们的胸襟。

2021 年 8 月 10 日，长者走完了自己的一生。2021 年 8 月 19 日，我们的母亲永远地离开了我们！

九十　故里

疫情稍缓，我们送母亲回归故里，入土为安。

母亲出生和长大的老寨子依山傍水。母亲素来喜山乐水，一生也全都在行山走水。我们在环绕老寨子的小河近坡的树木中为母亲选择了安息之地。在青山绿水的怀抱中，墓室用硬质石料砌成，浩然大气。黑亮的花岗岩墓碑光洁如洗，庄重尊严。母亲的相片镶嵌其上，栩栩如生、温暖慈祥。母亲的生卒日期、人生经历、功德纪事依次排列。可歌可泣，堪敬堪佩。四代子孙，随列在后。字如其人，人如其字。

2021 年 10 月 3 日，晨光熹微，天地同悲。为母亲送行的人群一众排列，紧随灵车缓步慢行。满孃一路上亦哭亦诉，亦话亦别，念叨着她们从小熟知的老地名：

“二姐，到母猪塘了”“二姐，到矮子桥了”“二姐，到茶店子了”“二姐，到回龙庙了”。这是母亲生长之路，这是母亲出行之路；也是母亲回家之路，也是母亲安息之路。子孙们的鲜花簇拥着墓地，在一片悲痛和哭嚎中母亲徐徐下葬，托体同山，日月同辉。当中有舅舅题写的“流芳岁月，灿烂人生；历经磨难，丰碑永存；吾家楷模，垂范后人；厚德载物，福寿全归”的墓碑矗立，儿女们跪拜在前，泣不成声。如山崩地裂，惨雾弥漫；似天塌地陷，魂飞魄散。

哈代在他的诗歌中、在他的小说和剧本中不止一次地提问：老天生他们也没问过，他们是不是不管在什么条件下，都愿意下世为人？尤其没问过，他们是不是在这样缺衣少食的艰难困苦中，也愿意下世为人？如果母亲的回答是愿意，我们的回答便也是愿意。我们愿意来世再为母亲的儿女，无论有什么样的天雷地火，无论是什么样的艰难困苦。有母亲，有我们；母亲在，我们在。

亲爱的妈妈，您安息吧！